Les jeux de l'amour

Tome 1

L'amour, absolument

Églantine Lacourt

Ceci est une œuvre de fiction. Toute ressemblance avec des faits réels ou des personnages existants ou ayant existé ne saurait être que fortuite.

This is a work of fiction. The characters and events portrayed in this book are fictitious. Any similarity to real persons, living or dead, is coincidental and not intended by the author.

ISBN : 9798833262047

Le suprême bonheur de la vie, c'est la conviction qu'on est aimé ; aimé pour soi-même, disons mieux, aimé malgré soi-même.

Victor Hugo
Les Misérables

L’amour, absolument

Deux ennemis, une histoire d’amour brûlante.

Bérénice est folle de joie lorsqu’elle décroche un contrat de styliste dans une célèbre maison de mode de Turin. Désormais, elle va se focaliser sur sa carrière. L’amour attendra.

Mais ce qu’elle n’a pas prévu, c’est le collègue avec lequel elle doit travailler. Il est arrogant, désagréable, hostile. Il est aussi canon, sexy, sublime. Et l’alchimie entre eux est explosive. Jusqu’au moment où le passé resurgit et tranche leurs liens.

Bérénice réussira-t-elle à surmonter ses propres démons pour que triomphe l’amour ?

A propos de la série

Les jeux de l'amour

L'amour, absolument est le premier titre de cette série. Le second volume est en cours de rédaction et paraîtra prochainement.

J'espère que vous aurez autant de plaisir à lire ce roman que j'en ai eu à l'écrire…

Bonne lecture !

A propos de l'auteur

Lorsqu'elle ne se fait pas battre à plates coutures par un Dark Vador de quatre ans et un Jedi de six ans, Églantine Lacourt aime lire des romances et inventer des personnages séduisants qui croient savoir ce qu'ils veulent… Jusqu'à ce que l'amour s'en mêle.

L'amour, absolument

Prologue

L'amour, ça craint.

Pourquoi je le sais ? Parce que j'ai essayé, et à chaque fois, je me suis cassé le nez.

La flèche de Cupidon, le coup de foudre, le lit parsemé de pétales de roses, j'ai voulu y croire, et j'y ai cru, dur comme fer.

A chaque fois, les grandes espérances. Et la grande désillusion, à chaque fois.

Alors j'ai juré de m'en préserver, coûte que coûte. L'amour, pour moi, c'est fini.

Sauf qu'à un moment donné, j'ai baissé la garde.

Et à l'instant où je m'y attendais le moins, l'amour a pris sa revanche.

Chapitre Premier

TGV Paris-Turin

« Vous avez pris place à bord du TGV numéro deux mille quarante-huit à destination de Milan. Il desservira les gares de Chambéry, Modane, Bardonecchia, Oulx, Turin et Milan, son terminus. Les personnes accompagnant les passagers sont priées de quitter les wagons. Attention à la fermeture automatique des portes. Attention au départ. »

Les annonces se succédaient, crachotées par un haut-parleur qui, en bourdonnant, parasitait les mots du chef de train et les rendait presque inaudibles.

Installée près d'une fenêtre, dans un espace à quatre places, un livre fermé posé sur la tablette centrale et ses écouteurs fermement vissés dans ses oreilles, Bérénice écoutait à peine ce qui se disait autour d'elle.

Un homme se glissa dans le fauteuil, juste en face d'elle, et hissa d'un geste fluide une petite valise à roulettes dans le compartiment au-dessus des sièges. Il s'affala contre le dossier et reprit son souffle. Visiblement, il avait eu le train de justesse. Bérénice remarqua d'un œil distrait son front haut et ses cheveux blancs encore abondants.

Le train s'ébranlait à petite vitesse pour traverser Paris et ses faubourgs. Bérénice était en route pour Turin, dans le nord de l'Italie, avec le sentiment pénible et oppressant qu'elle était en train de faire un énorme saut dans l'inconnu.

Des petits nœuds d'appréhension lui parcouraient le ventre, tordant ses tripes lorsqu'elle pensait à tout ce qu'il lui faudrait affronter. Elle n'était plus une enfant, mais elle ne s'était jamais autant éloignée de Lille, sa ville natale.

Une nouvelle vie commençait-elle pour elle, ou bien avait-elle tout faux ?
Pourvu que ce ne soit pas une erreur, pensa-t-elle.

Le train accélérait imperceptiblement. Bérénice ne s'en rendait compte que parce qu'elle ne parvenait plus à lire les panneaux qui indiquaient, en lettres blanches sur fond bleu marine, les noms des petites villes de l'agglomération parisienne.

Elle attrapa le roman qu'elle avait acheté avant de monter à bord du train. Sur la couverture, une femme vue de dos regardait une maison à l'aspect sinistre. Une histoire de fantômes, avait-elle lu sur la quatrième de couverture. Parfait. Ça l'aiderait peut-être à faire taire le trac qui s'insinuait dans tous les recoins de son esprit. Et puis c'était en italien, ce serait une bonne préparation pour le boulot qui l'attendait.

Elle commença à lire, mais au bout de deux pages, elle s'aperçut qu'elle n'avait même pas retenu le nom du personnage principal. Elle abandonna, incapable de se concentrer sur ce qu'elle lisait.

L'homme en face d'elle regarda le titre du livre et lui dit quelque chose qu'elle n'entendit pas. Elle se souvint tout à coup de ses écouteurs et les retira.

« Vous n'aimez pas ce livre ? » répéta l'homme. Il s'était d'emblée adressé à elle en italien, induit en erreur par le titre du livre qu'elle venait d'abandonner.

Bérénice ramena une mèche de cheveux blonds derrière son oreille et secoua la tête.
« Je n'arrive pas à rentrer dans l'histoire. Vous connaissez cet auteur, vous ? »
« Les romans, ce n'est pas trop mon truc, » dit l'homme en souriant. « Je préfère les histoires vraies. Et si je comprends bien, vous n'êtes pas italienne. Vous partez en vacances ? »

Ce type y va un peu fort, pensa Bérénice. Elle était habituée à la façade impassible qu'il fallait maintenir dans les transports en commun, à Paris ou à Lille, pour éviter de se retrouver harcelée par des inconnus.

Elle le regarda un instant sans répondre. Son compagnon de voyage avait un visage rond aux contours adoucis par le temps qui parut bienveillant à Bérénice. Les grosses lunettes rondes cerclées d'écaille qu'il portait renforçaient cette impression.

Ce n'était pas trop son genre, de lier connaissance avec un passager que le hasard avait placé à ses côtés. Et pourtant, un peu de conversation, ça pourrait alléger les cinq heures vingt-neuf de trajet qui l'attendaient.

Dans l'un des sièges du wagon, une passagère mangeait des chips. Le craquement du sachet en papier aluminium de couleur vive et le bruit que faisait la femme en mastiquant lui tapèrent sur le système. Du coin de l'œil, Bérénice vit la femme fouiller dans le paquet à la recherche de la dernière miette de chips. Quand elle eut fini, elle froissa le paquet et en ouvrit un autre.

Si je continue à me focaliser sur les bruits de papier froissé et de mastication, je vais péter un câble, se dit Bérénice. *Tant pis, je vais lui faire confiance.*

Et elle sourit au compagnon de voyage que le hasard lui avait attribué.

« Je vais m'installer à Turin, » dit-elle.
« Et qu'est-ce qui vous amène chez nous ? »
« Vaste question. Vous avez cinq minutes ? » Le rire de la jeune femme paraissait très gai, mais une indéniable note de mélancolie s'y était glissée à son insu.
« J'ai cinq heures vingt-neuf, » dit son compagnon de voyage. « Je m'appelle Giorgio, » ajouta-t-il en lui tendant la main, « et je vais à Turin aussi, mais moi, c'est là que je vis. »
« Vous étiez à Paris pour affaires ? » demanda Bérénice après s'être présentée elle aussi.

L'homme secoua la tête, et une ombre passa sur son visage.
« Je suis à la retraite anticipée. J'étais professeur de psychologie dans une petite université privée, à Turin. Mais avec la crise, il y a eu de moins en moins d'inscriptions. Les frais de scolarité étaient trop élevés, je suppose. Et l'établissement a fait faillite voilà six mois. »
« Vous n'avez rien trouvé d'autre ? Vous auriez pu ouvrir un cabinet de psy, non ? »

Giorgio haussa les épaules.
« Retrouver du travail, à mon âge, c'est mission impossible. Et je suis enseignant, pas psy. »

Ça ressemblait un peu à son histoire à elle, et Bérénice eut un élan de compassion qui lui donna envie de raconter sa propre histoire à cet inconnu.

Une fois le voyage terminé, Giorgio disparaîtrait et elle ne reverrait sans doute jamais. Et justement pour ça, elle sentait que ses secrets ne risqueraient rien si elle les lui confiait.

« C'est plus ou moins la même chose qui m'est arrivée, » commença-t-elle. « J'avais un travail, un appartement minuscule sous les toits et je vivais à Paris. Je n'étais pas riche du tout, mais j'étais indépendante. »
« Indépendante à un si jeune âge ? C'est une belle réussite. »
« Ça n'a pas duré. Parce que tout d'un coup, comme si on m'avait jeté un mauvais sort, j'ai perdu mon emploi et je me suis retrouvée au chômage. Comme je n'avais plus d'argent pour payer mon loyer, j'ai été obligée de lâcher mon studio et de revenir habiter chez mes parents, à Lille. »

Giorgio la regarda, les yeux légèrement écarquillés. « Mais pourquoi vous êtes-vous retrouvée sur le carreau ? C'était une faute professionnelle ? »

Bérénice hésita un instant. Si elle répondait à la question de Giorgio, elle allait dérouler tous les événements qui l'avaient marquée ces dernières années.

Pourquoi pas, après tout ? Que risquait-elle à le faire ? Ce n'était pas comme si elle était la seule à avoir vécu la perte d'emploi. Elle se lança dans son histoire comme on se jette à l'eau après avoir longtemps contemplé l'eau de la piscine.

« Pas du tout. J'avais trouvé un emploi dans une boîte qui importait des vêtements et des sacs d'Italie. J'étais chargée des achats, et je choisissais les pièces adaptées au goût parisien. »

Elle s'arrêta de parler et regarda dans le vague, songeant avec nostalgie à son paradis perdu. La femme qui mastiquait bruyamment ses chips avait enfin atteint le fond du paquet.

Le silence du wagon incitait aux confidences. Lorsque Giorgio la relança, elle répondit sans réticence.

Chapitre Deux

« C'est vrai, que Paris reste toujours la capitale de la mode ? » venait de demander son compagnon de voyage.

« C'est bien ça, même si ce n'est plus la seule de nos jours. Les boutiques parisiennes doivent vendre des articles qui ont ce petit je ne sais quoi en plus, et c'était mon boulot de le dénicher. »

De nouveau, Bérénice repensa à l'excitation que lui procuraient ces recherches, au plaisir de trouver des pièces originales qui cartonneraient dans les boutiques.
« Vos yeux brillent, vous deviez l'aimer, ce boulot, non ? »
« Je ne l'aimais pas, je l'adorais, même si je gagnais à peine un poil plus que le SMIC, et même si ce n'était pas ce que je voulais faire, au départ. »
« Et c'était quoi, ce que vous vouliez faire ? »

Décidément, Giorgio possédait l'art de poser les bonnes questions. Si elle répondait, elle allait révéler ses aspirations de jeune adolescente. Et s'il était en réalité un policier spécialiste des interrogatoires de criminels ? Un profiler pour le FBI ?

Arrête, Bérénice, se dit-elle sévèrement à elle-même. *Tu as trop d'imagination. De toutes les façons, tu n'as rien à cacher.* Et elle ressentait clairement que ça lui faisait du bien de se raconter. Elle continua.

« Je suis styliste, en fait, et j'aime dessiner des vêtements, et les réaliser aussi. »
« Mais dans ce poste, il s'agissait plutôt de prêt-à-porter. Et je devine que c'étaient des articles de luxe que vous importiez. »
« Vous avez vu juste. Et l'un des avantages de ce boulot, c'est que j'ai appris l'italien sur le tas, » poursuivit-elle.
« C'était parce que vos fournisseurs en Italie ne savaient ni l'anglais ni le français ? »
« Ce n'est pas tellement ça, » dit Bérénice, « beaucoup d'entre eux connaissaient les langues étrangères. Mais il fallait que j'aie un vrai contact avec eux pour m'acquitter correctement de ma mission. Et pour ça, parler la même langue qu'eux, c'était essentiel. »

Elle avait trouvé une petite appli gratuite pour se familiariser avec les bases de la grammaire, et obligée comme elle l'était de parler quotidiennement avec des Italiens, elle avait assez vite progressé. Ça l'enchantait de réussir à maîtriser cette langue musicale, aux cadences harmonieuses.

« Mais comment vous êtes-vous retrouvée au chômage ? » reprit Giorgio, rompant ainsi le silence qui se prolongeait.

Bérénice soupira. Elle rechignait à parler de sa déconfiture, et pourtant elle résolut de tout raconter à cet inconnu qui lui prêtait une oreille attentive, sans rien révéler de lui-même.

« Il y a eu la crise, » commença-t-elle, « les suppressions de postes, le taux de chômage en hausse. Tout d'un coup, le nombre de gens qui pouvaient se permettre d'acheter les vêtements que ma boîte importait s'est réduit comme une peau de chagrin. Et pour les sacs de luxe, c'était encore pire. Ils étaient tout simplement trop chers. »

« L'entreprise a fait faillite, je suppose, » commenta Giorgio. Il ne souriait plus, sans doute aux prises avec ses propres souvenirs.
« C'est bien ça. Et j'ai dû retourner chez Papa et Maman, » dit Bérénice, « j'ai perdu tout ce que j'avais. »

Bérénice avala une gorgée d'eau directement au goulot de la petite bouteille qu'elle avait déposée sur la tablette. Elle pensa à tous les C.V. qu'elle avait envoyés, cinq cents au bas mot, sans réussir à obtenir le moindre poste. Oh, elle avait bien reçu quelques réponses, et elle était allée à une demi-douzaine d'entretiens. Sans aucun succès.

Des larmes embuèrent brusquement sa vision et elle fixa la pointe de ses chaussures pour les cacher. Elle cligna des yeux deux ou trois fois pour sécher ses yeux. Ça ne lui ressemblait pas, de s'apitoyer sur elle-même. Heureusement que Giorgio était un parfait inconnu, et qu'il allait le rester.

Son compagnon de voyage rompit le silence, comme s'il avait perçu la tristesse de Bérénice et qu'il cherchait à l'alléger.
« Et de retour chez vos parents, ça se passait comment ? » dit-il d'une voix douce.
« Je n'ai pas de reproches à leur faire, je les adore, au contraire. »

Sa réponse avait jailli, sincère et spontanée. Pendant toute son enfance, la famille qu'ils formaient – Papa, Maman et Bérénice – avait été pour elle semblable à un paradis, sûr et réconfortant. Mais dès qu'elle avait décroché son diplôme de styliste, elle avait cherché un boulot à Paris, pas à Lille.

Elle ne voulait surtout pas rester dans sa ville natale qui, depuis l'importation en masse de tissus bon marché de Chine et d'ailleurs, avait été obligée de renoncer à son rang de capitale du textile et à l'activité trépidante qui l'accompagnait. Et même si les autorités locales s'ingéniaient à transformer en centres culturels les anciennes usines aux murs de brique rouge, Bérénice avait besoin de s'évader, de voir du pays et de faire de nouvelles expériences.

Elle ne voulait pas du destin de sa mère, qui avait rêvé de devenir actrice de théâtre mais qui y avait renoncé pour se marier avec son père. C'était à ce renoncement que Bérénice devait d'avoir reçu le prénom d'une héroïne de tragédie.

Et quelquefois elle se disait qu'elle portait sur ses épaules le poids des ambitions déçues de sa mère, et c'était un peu lourd de se les coltiner.

« Mais j'ai pensé qu'il valait mieux essayer de réaliser mes rêves plutôt que de vivre dans le regret ma vie durant, » dit Bérénice en réponse à la question de Giorgio.

Il vaut mieux quitter le nid familial et trouver un boulot à Paris, avait pensé Bérénice à l'époque. Dans les milliers d'annonces qui étaient publiées chaque jour, il y en aurait bien une qui lui conviendrait. Et c'est bien ce qui s'était passé, jusqu'à ce que ses projets soient réduits en cendres.

« Mais à vingt-quatre ans, après avoir connu la vie indépendante à Paris, ce n'était pas facile, de retourner chez mes parents, » se contenta-t-elle de dire à son compagnon de voyage. Elle ne pouvait pas lui raconter tout ce qui venait de lui revenir en mémoire.

« Vos parents avaient conservé votre chambre d'adolescente intacte ? » dit-il avec un sourire.
« Comment l'avez-vous deviné ? » Bérénice était surprise de sa perspicacité. « Il y avait encore les posters de Justin Bieber accrochés aux murs, et les fanions de mon équipe de hand-ball, du temps où je jouais dans les championnats régionaux. »

Bérénice ne raconta pas que son père continuait à faire le tour de la maison tous les soirs pour vérifier que les lumières étaient éteintes et la porte d'entrée, bien verrouillée. Quand elle était petite, ça la rassurait, mais maintenant, ça lui paraissait plus énervant qu'autre chose.

Et il y avait aussi les regards de sa mère, à chaque fois que Bérénice revenait bredouille d'un entretien, ce mélange de compassion et d'inquiétude pour elle, c'était dur à supporter.

Chapitre Trois

« Vous n'avez jamais pensé à vous mettre à votre compte ? » demanda Giorgio.
Décidément, se dit Bérénice, *il a un don d'empathie vraiment exceptionnel.*
« Si, justement, en voyant que je ne trouvais pas d'emploi, je me suis remise à dessiner des robes, des manteaux et des chemisiers. J'avais plus de temps qu'il n'en fallait, malheureusement. »
« Et vous aviez quelqu'un pour les coudre ? »
« J'ai cousu mes modèles toute seule, sur la vieille Singer de ma maman. Et puis, j'ai essayé de les vendre en ligne. »
« C'est dans l'air du temps, » commenta l'homme avec une moue de sa bouche aux lèvres rendues minces par l'âge. « Vous vous y êtes prise comment ? »
« D'abord, j'ai photographié chaque modèle sous tous les angles avec l'appareil photo de mon téléphone, puis j'ai téléchargé les clichés sur Instagram. »

Elle repensa au résultat de ses efforts. Les petits cœurs rouges des « like » lui parvenaient en pagaille, et elle avait vingt-six mille sept cents

followers qui partageaient ses modèles avec leurs propres followers.
« Mais je n'ai vendu qu'une demi-douzaine de pièces en un mois, » dit-elle, en faisant une grimace dépitée.
« Je crois que la vidéo marche mieux que les photos sur les réseaux sociaux, non ? »
« Je me suis dit ça moi aussi, mais je n'avais pas les moyens de payer des pros. Je me suis débrouillée pour en bricoler quelques-unes. »
« Vos parents ne pouvaient pas vous aider ? »
« Financièrement, ce n'était pas possible. Mais mon père m'a beaucoup aidée quand même pour faire des vidéos. Il m'a filmée alors que je portais mes modèles moi-même. Avec mon mètre soixante-et-un, je n'avais pas les mensurations idéales, mais à la guerre comme à la guerre. »

Son compagnon sourit sans faire de commentaires, montrant ainsi qu'il appréciait au contraire ces mensurations moins qu'idéales. Bérénice, prise dans ses souvenirs, n'y prêta pas attention.

Son père avait toujours fait de belles photos, mais la vidéo, c'était nouveau pour lui. A la grande surprise de Bérénice, il n'avait pas hésité à se former à coup de tutos sur YouTube et il avait acquis un niveau honorable, même si ses clips manquaient un peu d'effets spéciaux.

Bérénice avait téléchargé les vidéos par petites doses sur Instagram, et peu après, elle avait aussi créé un compte sur Tik Tok.

Elle avait encore une fois requis l'aide de son père pour réaliser des vidéos de conseils de mode qui ne duraient guère plus de quarante-cinq secondes chacune.

Là encore, si les petits cœurs et les followers arrivaient en masse, les ventes, en revanche, restaient désespérément atones.

« Vos vêtements ont eu du succès ? » la relança son compagnon.
« Je n'ai presque rien vendu, mais une boîte en Italie a remarqué mes modèles, » dit Bérénice, un large sourire aux lèvres.
« Et c'est la raison de ce voyage ? Un entretien d'embauche ?
« Non, j'ai déjà un contrat, » dit Bérénice, triomphante. « Je commence à Turin, dès demain. »

Elle se tut et se remémora l'excitation fébrile qui l'avait envahie lorsque le PDG de Moda Nuova lui avait indiqué qu'un poste de styliste allait être créé dans leurs locaux de Turin, à environ une heure de train de Milan, et l'avait invitée à postuler. Elle attendait la chance depuis si longtemps qu'elle n'avait pas perdu une seule minute pour préparer son dossier.

Elle avait rassemblé un book contenant ses dessins, les photos des vêtements qu'elle avait elle-même cousus et une lettre de motivation où elle avait mis tout son enthousiasme pour l'univers de la mode.

Elle avait parlé des géants de la haute couture qui l'avaient inspirée et lui avaient donné le désir d'entreprendre des études de stylisme.

Elle avait raconté ses premières expériences en les embellissant un peu, un tout petit peu seulement, et enfin, elle avait affirmé haut et fort qu'elle était prête à s'investir à deux cents pour cent dans le poste qu'ils proposaient.

Elle avait dû se montrer convaincante, parce que la réponse était arrivée très vite sur son email. Bérénice s'était pliée à trois entretiens par Skype, avec des personnes différentes à chaque fois. Il s'agissait pour ses futurs employeurs de vérifier qu'elle possédait le sens créatif et l'énergie dont ils avaient besoin, mais aussi de tester son niveau en italien et en anglais.

Le deuxième entretien, avec un type à l'air farouche, s'était très mal passé, et Bérénice se préparait déjà à une déception. Après tout, mieux valait ne pas espérer trop fort pour éviter les déconvenues.

Quand le responsable avait annoncé à Bérénice que c'était elle qui avait eu le poste, elle avait fait des bonds de cabri tellement elle était contente. Tous ses doutes, toutes ses craintes, toutes ses appréhensions avaient disparu comme par enchantement.

Enfin, quelque chose qui marchait bien pour elle. C'était le poste de styliste dont elle rêvait depuis la fin de ses études. Le salaire n'était pas très élevé, mais c'était secondaire.

« Toutes mes félicitations, » dit son compagnon de voyage en souriant, « et je suppose que vous avez déjà trouvé un logement ? Ce n'est pas si facile que ça à Turin. »
« Je m'en suis rendu compte. »

Bérénice s'était vite aperçue que les prix à Turin étaient plus ou moins semblables à ceux de Paris. Turin était une grande ville, et la capitale du Piémont, de surcroît. Les loyers des appartements étaient au-dessus de ses moyens de future styliste débutante. *Pas de studio, donc, mais plutôt une colocation*, avait-elle pensé.

« J'ai trouvé une chambre chez une dame âgée, » dit-elle à Giorgio. « Le loyer est très modéré, mais en échange, je dois tenir compagnie à ma logeuse, deux ou trois soirs par semaine. En prime, elle me

prête une voiture. Elle m'a dit que ce serait indispensable pour me rendre à mon travail. »
« Elle a l'air bien sympathique, cette colocation. Et elle se trouve où ? »
« A San Donato. »
« Vous avez fait un bon choix, le quartier est magnifique, » dit Giorgio. « J'y habite moi aussi. »
« On va être voisins, alors, » dit Bérénice en le fixant de son regard bleu, « c'est une coïncidence remarquable, vous ne trouvez pas ? »
Giorgio arqua les sourcils sans rien dire.

Elle le regarda encore un instant, la tête penchée, en se frottant la tempe droite de l'index.
« Pensez-vous que chaque événement se produit pour une raison ? » dit-elle à brûle-pourpoint.
Son compagnon de voyage se mit à rire et tout son visage se couvrit d'un fin réseau de rides.
« La vraie question, c'est de savoir ce que serait cette raison. »
« Moi je crois que rien n'arrive par hasard, » dit Bérénice, « l'avenir nous le dira. »

Chapitre Quatre

Cabinet de kinésithérapie
Turin Centre

« Allonge ta jambe. »
Paolo obéit avec précaution, mais ne put retenir un gémissement rauque lorsque le kiné se mit à lui tirer le pied droit. Massimo travaillait en douceur, mais la douleur lui transperçait quand même la jambe. C'était la même chose à chaque séance de rééducation. En revanche, le lendemain, sa douleur s'atténuait et sa claudication aussi. Aussi il n'en manquait jamais une seule.

« Tu tiens le coup ? » dit Massimo avec un sourire que Paolo trouva sadique. Le kiné avait le physique sec et mince du marathonien qu'il était, mais la force qu'il avait dans les bras aurait été digne de Tarzan lui-même.
« Je me ferai une injection de morphine avant la prochaine séance, » dit Paolo, les lèvres serrées et le visage blême. Massimo tira un peu plus et arracha un cri étouffé à son patient.

« Plie ta jambe, maintenant, » ordonna-t-il en reposant le pied de Paolo sur la table de massage.
Paolo essaya de rapprocher son talon de ses fesses. Il restait encore quarante bons centimètres entre les

deux lorsqu'il s'arrêta. Il n'avait pas envie de s'infliger une trop forte douleur.
« Continue, » l'exhorta Massimo. « Sers-toi de ta respiration pour doser l'effort. »

Paolo inspira profondément, ferma les yeux et rétrécit l'écart de deux centimètres en relâchant l'air emmagasiné dans ses poumons aussi lentement qu'il le pouvait. La douleur se déchaîna en ondes successives et son dos se cambra. Il n'arrivait plus à contrôler sa respiration. Maintenant, il haletait. Il jeta un regard noir au kiné. *Il aurait fait merveille dans les geôles du Moyen-Âge, ce mec,* pensa-t-il.

« Ce n'est pas trop mal, » dit Massimo. Il semblait serein, absolument pas perturbé par les pensées vengeresses de son patient. « Tu as bien mérité un massage, maintenant. »

La deuxième partie de sa séance de kiné rattrapait un peu les tortures que Paolo subissait au début et lui donnait l'espoir qu'il pourrait un jour marcher comme avant, sans canne, et sans l'attelle qui lui maintenait le genou.

Pendant que Massimo appliquait des pressions expertes sur des points précis, Paolo revit l'accident qui l'avait conduit sur cette table de kiné. Un homme avait eu un malaise alors qu'il conduisait. Il avait perdu le contrôle de son SUV et lui avait foncé dessus à toute allure.

Le choc latéral qui avait enfoncé la portière côté passager avait envoyé l'Alfa Romeo de Paolo valdinguer de l'autre côté de la chaussée, en faisant plusieurs tours sur elle-même. Le conducteur du SUV, bien à l'abri dans la carcasse métallique de son tank urbain, n'avait même pas eu une égratignure. Paolo, lui, s'en était tiré avec une jambe fracturée et un genou en piteux état. Un miracle, tout le monde le lui avait répété.

Il sortit du cabinet de soins en marchant lentement, appuyé sur sa canne. La marche aussi, c'était une injonction de Massimo. Faire le plus de pas possible chaque jour, pour éviter l'atrophie musculaire.

Ce n'était pas commode, de marcher sur les pavés souvent glissants de Turin, et il entrecoupait son trajet d'une longue pause dans un bar aux boiseries sombres, sous les arcades.

Après les exercices harassants auxquels le kiné le soumettait, il avait aussi besoin de se reposer avant de retourner à son travail.

Paolo était chargé de superviser l'équipe qui préparait les défilés des fashion weeks de septembre. Ces quatre semaines d'affilée où il devait voyager de New-York, à Londres, puis à Milan et à Paris étaient éprouvantes, et il fallait qu'il soit en forme s'il voulait s'en acquitter le mieux possible.

Le café était presque vide en ce milieu de matinée. Seuls deux retraités jouaient aux cartes, attablés au fond de la salle. Paolo s'installa dans un coin où il pouvait allonger la jambe et sirota le café qu'on venait de lui servir.

Comme souvent après la séance chez le kiné, ses souvenirs remontaient à la surface. A croire que les massages libéraient des blocages psychologiques et pas seulement physiques. Paolo avait à chaque fois besoin d'un moment pour se remémorer son passé et le laisser derrière lui, jusqu'à la fois suivante. C'était aussi pour cette raison qu'il faisait une pause après chaque séance chez Massimo.

Paolo n'avait que vingt-huit ans, mais il était déjà en train de divorcer. Une fois la lune de miel passée, son mariage à Maria Cristina avait été une série d'épreuves.
« Ton assistante t'appelle quand tu es à la maison ? Tu couches avec elle, j'en suis sûre. »
Paolo levait les yeux au ciel.
« C'est absurde, voyons, elle avait une question urgente pour moi, c'est tout. »
« Tu parles, j'ai bien vu qu'elle te dévorait des yeux. »

« Si tu t'imagines que j'ai le temps pour un cinq à sept, avec tout le boulot que j'ai. Ou même seulement un six à sept, » disait Paolo.
Mais il n'y avait pas moyen de la convaincre.
« Le docteur Casamassima veut te mettre sans son lit, ça ne fait pas un pli, » disait-Maria Cristina, les yeux rétrécis par le soupçon.
« Enfin voyons, elle s'est contentée de m'ausculter, c'est tout. »
« Mais est-ce qu'elle avait besoin de te tâter le torse comme ça ? »
Paolo secouait la tête, excédé. Et c'était pareil pour la vendeuse ou la serveuse à laquelle il avait eu le malheur de sourire. Chacune d'elles devenait une rivale pour elle. L'enfer à domicile, quoi.

Sa femme avait entamé, quelques mois auparavant, une procédure de divorce pour faute à ses torts exclusifs. Elle avait réussi à fabriquer des faux témoignages prouvant, soi-disant, qu'il la trompait. Et comme il était l'un des héritiers les plus en vue d'Italie, elle exigeait une prestation compensatoire colossale.

À cause des manigances de sa femme, Paolo avait été frappé par la dépression. Il oscillait entre un état léthargique où il se levait à onze heures et se recouchait moins de dix heures plus tard, et un état semi-comateux aromatisé au whisky pur malt.

Ses nuits étaient hantées par le visage de son épouse avec des dents de vampire et des cheveux dressés sur la tête comme sur la Méduse. Il se réveillait en sursaut, le cœur battant, en croyant sentir qu'elle plantait des canines acérées dans son cou.

Il avait cru être aimé de Maria Cristina, alors qu'elle s'était révélée n'être rien de plus qu'une croqueuse de diamants qui cherchait à lui extorquer tout ce qu'elle pouvait. Il n'avait été qu'une proie pour elle.

Comment avait-il pu être aussi naïf ? Aurait-il pu la démasquer et déjouer ses plans ? Ces questions resteraient toujours sans réponse et le taraudaient.

Et puis il y avait eu l'accident.

Le choc entre les deux voitures avait fait voler sa torpeur en éclats en même temps que les tôles se froissaient et que le verre feuilleté du pare-brise se fêlait sans se casser. Le sentiment d'avoir échappé de peu à la mort et la douleur lancinante causée par sa blessure à la jambe et au genou l'avaient sorti de sa léthargie.

Il avait eu l'impression de s'extirper d'un long sommeil, ou d'une hibernation.

Il avait rasé sa barbe, commencé la rééducation et remis en question toute sa vie antérieure. Et une résolution inébranlable s'était imposée à lui : il ne permettrait plus à aucune femme de lui gâcher la vie. Il ne se laisserait plus prendre par les cajoleries d'une chercheuse d'or déguisée en fiancée, qui n'en voulait qu'à son argent. Si une femme devait l'aimer, il fallait que ce soit pour lui-même.

Pour se défendre des prédatrices à la recherche d'une fortune à piller, Paolo avait officiellement abandonné son nom de famille, Del Vasto, instantanément reconnaissable en Italie comme celui d'une grande famille du Piémont.

Il avait consulté les statistiques, et il avait adopté le nom le plus courant dans le pays. Ses collègues le connaissaient uniquement comme Paolo Rossi. Même le PDG de la boîte où il travaillait, Enrico Fassio, ne savait rien de sa véritable identité.

Quoiqu'il en soit, l'amour n'était pas vraiment à l'ordre du jour en ce moment. Ce qui le tracassait bien davantage, c'est que la direction lui imposait une nouvelle collègue. Une Française, et une débutante, par-dessus le marché. Comment s'appelait-elle, déjà, un drôle de nom, Bérangère ou Bénédicte ? Ah oui, Bérénice, c'est ça.

Je vais être obligé de la tenir par la main et de tout lui montrer, pensa-t-il en tapotant le bord de la table de son index replié. *Ça craint.*

Chapitre Cinq

TGV Paris-Turin

« Excusez-moi, Bérénice, » dit Giorgio, « mais je vais faire un petit somme. »
« Je vous ai ennuyé, avec mes histoires ? »
« Au contraire. Mais j'ai très peu dormi cette nuit. »
Il inclina son fauteuil et s'assoupit. Bérénice l'entendait ronfler légèrement, et ce bruit la rassurait et la berçait tout à la fois.
Elle s'allongea elle aussi à demi et posa ses jambes sur le siège inoccupé à côté d'elle.

Ce long trajet était un temps de battement pour elle, l'occasion de passer en revue les événements qui l'avaient amenée à s'installer dans ce train se dirigeant à grande vitesse vers une ville inconnue. Un peu comme on revoit toute sa vie juste avant de mourir, parce que Bérénice sentait bien que sa vie à Lille était morte pour de bon.

Car ce n'était pas seulement le travail qui lui avait posé problème. Il y avait eu aussi l'amour. Dès sa première année, quand elle avait commencé à étudier le stylisme et le modélisme à la fac de Lille, elle s'était mise en couple avec Christophe. Lui, il étudiait le marketing de luxe.

« A nous deux, on se complète, » avait dit Christophe en riant, « on pourrait monter une entreprise ensemble plus tard. »
« Trop bien, » avait dit Bérénice en riant elle aussi, « comme ça on sera ensemble vingt-quatre heures sur vingt-quatre, la bonne recette pour se détester en moins de deux. »

Ils s'étaient installés dans une routine confortable, où ils se voyaient tous les jours à la fac et tous les soirs dans l'appartement qu'elle partageait avec une coloc. Jusqu'au jour où, malade et fiévreuse, elle était rentrée avec deux heures d'avance et avait trouvé Christophe et sa coloc en train de faire l'amour.

Bérénice les avait mis dehors tous les deux, mais cette trahison avait aussi été l'un des éléments qui l'avaient poussée à quitter Lille pour Paris. A Paris, Bérénice s'était plongée dans le tourbillon de sa nouvelle vie, si bien que le souvenir de Christophe s'était estompé assez rapidement, au fond.

Elle adorait son premier boulot. Son salaire lui suffisait tout juste, mais elle était folle de joie à l'idée d'en avoir un vrai, de salaire.

Et ça faisait partie de sa mission d'assister à un show de mode à l'étranger.
« Tu vas aller au Dublin Fashion Show la semaine prochaine, » lui avait dit sa chef, Aude. C'était une petite femme brune pétillante d'intelligence.
« Est-ce que tu me payes le voyage ? »
« Mais oui, » avait rigolé Aude, « le voyage, les frais, et même ton salaire. »
Bérénice n'arrivait pas à croire à sa chance.
« Qu'est-ce que je dois faire là-bas ? »
« Tu vas observer les jeunes stylistes irlandais, discuter avec eux, et voir s'ils ont des modèles qu'on pourrait leur commander. »
« En somme, je cherche de nouveaux fournisseurs, c'est ça ? »
« Tu vois, j'ai raison de te confier cette responsabilité, » avait dit Aude avec un clin d'œil.

À la fin de la première journée, il y avait eu une réception avec du champagne et des petits fours. Bérénice était épuisée par le voyage, commencé aux aurores ce matin-là. En plus, elle avait parlé tout le temps en anglais, en forçant sa voix pour se faire entendre par-dessus le brouhaha ambiant. *Une seule coupe de champagne, et je vais me coucher,* s'était-elle dit.

Pendant que Bérénice sirotait le frais liquide doré, debout près d'une fenêtre, ses yeux parcouraient paresseusement la foule. Et c'est là qu'elle l'avait vu. Un homme de haute taille aux larges épaules carrées et aux hanches étroites. Elle avait tout de suite remarqué son costume au tombé parfait, dans un lainage souple qui avait dû coûter une fortune. *C'est sûrement du sur-mesure, ce qu'il porte*, avait-elle aussi pensé. Son regard s'était affuté depuis qu'elle travaillait dans le prêt à porter de luxe, et elle avait appris à reconnaître les vêtements raffinés.

Pas mal du tout, avait-elle conclu en regardant son corps parfaitement mis en valeur par ses vêtements.

L'homme avait dû sentir son regard, parce qu'il s'était retourné, avait adressé à Bérénice un sourire charmeur et puis il s'était approché d'elle et il s'était présenté. Kenneth, « mais tout le monde m'appelle Kenny, » avait-il dit.
« Tant que ce n'est pas Kilkenny, » avait répondu Bérénice, et tous deux avaient ri de cette référence à South Park. Tous les deux aimaient bien le style trash de cette série, et ils avaient commencé à boire des verres et à se raconter leurs vies.

Kenneth était responsable des ressources humaines dans une grosse boîte de lainages de luxe, une spécialité irlandaise. Il n'avait que quelques années de plus qu'elle, ils auraient pu être collègues, alors ils avaient parlé pendant des heures, et fini dans le même lit dès le premier soir.

Oui, je sais, je sais, il vaut mieux éviter ça, se reprocha-t-elle en pensée, *mais voilà, il m'avait plu, il avait le bagout tellement caractéristique des Irlandais beaux parleurs, il avait le look cheveux bruns aux yeux bleus que je trouve craquant.*

Ils avaient parlé pendant des heures et ils s'étaient aperçus qu'ils détestaient tous les deux la musique country et que ni l'un ni l'autre n'avait jamais visité les Baléares.

« J'adorerais y aller avec toi, » lui avait-il dit en la regardant dans les yeux, après leur première nuit.

Bérénice, ça l'enchantait, l'idée de partir à deux aux Baléares. Ça faisait si longtemps que ça ne lui était pas arrivé. Ses parents n'avaient pas souvent les moyens de partir en vacances. Quant à elle, elle avait travaillé pour financer ses études et elle était toujours sur le fil.

Les vacances passaient régulièrement au second plan, il y avait à chaque fois quelque chose de plus urgent, le prêt étudiant à rembourser, ou bien un joint à remplacer ou un robinet qui fuyait, et avec ce que coûtait le déplacement du plombier, ça l'obligeait souvent à finir le mois en ne mangeant que des pâtes et des pommes de terre.

Bérénice était impulsive, et ce qui pouvait quelquefois être un trait de caractère charmant pouvait aussi mener à des désastres sans nom. Quelquefois, elle ne réussissait pas à se priver du plaisir d'acheter une robe qui l'avait fait flasher et qui la mettait durablement dans le rouge.

Heureusement qu'elle avait une carte bancaire à débit différé, comme ça elle pouvait payer ses dépenses en une seule fois à la fin du mois. Évidemment, avec ce système, elle avait toujours un mois de découvert, mais au moins son compte n'était pas bloqué le dix de chaque mois.

Kenneth était si tendre et si caressant. La première nuit qu'ils avaient passée ensemble avait été suivie de deux autres, aussi belles l'une que l'autre, et elle brûlait d'envie de voir où ça pourrait mener s'ils passaient tout un week-end ensemble.

Quand elle était rentrée à Paris, elle voguait sur un petit nuage. Les trois nuits passées avec Kenneth avaient été explosives. Jamais elle n'avait ressenti les sensations qu'il lui avait fait ressentir. Et même s'ils habitaient à plus de mille kilomètres de distance l'un de l'autre, Kenneth lui avait dit qu'il pourrait venir lui rendre visite chez elle.

Alors ce qui aurait dû être une histoire passagère, – du genre *ce qui se passe à Dublin reste à Dublin* – s'était petit à petit transformé. Ils s'échangeaient des messages sur WhatsApp, juste une ligne, des petits cœurs, des lèvres pulpeuses colorées en rouge, et des mots d'amour. Plein de mots d'amour.

Chapitre Six

Bar San Michele
Turin Centre

Toujours installé dans un coin du bar, Paolo égrenait pour lui-même les souvenirs de son passé. Il était plongé dans son paysage intérieur et il ne prêtait attention ni à la lumière du printemps ni aux conversations autour de lui.

« J'ai fondé une chaîne de supermarchés, » avait dit son père, « j'ai besoin de toi pour prendre la relève. »
« Je préfère me présenter aux Beaux-Arts, Papa. La gestion ne m'intéresse pas. »
« Tu étudieras l'économie et le management à la Bocconi, » avait tranché Tullio Del Vasto. « C'est une excellente université, et elle est à Milan. »
Les poings de Paolo s'étaient fermés sans qu'il s'en aperçoive.
« Mais pourquoi ce n'est pas Emanuele qui fait ce genre d'études ? L'aîné, c'est lui. »
« Toi, tu es bon en maths, lui, il est bon en sport. J'ai besoin de te faire un dessin ? »
« Justement, Papa, ce que je préfère, moi, c'est dessiner. »

« Ce n'est pas une carrière pour toi. Tu es un Del Vasto, ne l'oublie pas. Il faut tenir ton rang. »

Paolo s'était plié aux désirs de son père. A dix-huit ans, il n'avait pas la force d'âme nécessaire pour s'opposer à ce père qui l'avait élevé seul, avec Emanuele, après la mort de sa femme, emportée par un cancer foudroyant alors que Paolo n'avait que trois ans et Emanuele dix ans.

Peut-être que les choses auraient été différentes si sa mère avait vécu. Quoiqu'il en soit, devant les ambitions de son père, il avait remisé son rêve de faire des études d'art.

Aussitôt que Paolo avait fini ses études, son père lui avait donné sa feuille de route.
« Tu vas passer six mois dans chaque poste, » avait expliqué Tullio Del Vasto.
Ça n'enchantait pas vraiment son fils.
« J'ai déjà fait des stages pendant mes études, ce n'est pas vraiment utile. »
« Ce sera à la poissonnerie d'abord, pour six mois, puis aux fruits et légumes, » avait décrété son père, sourd aux objections de Paolo.

Après les primeurs, Paolo était devenu magasinier, puis préparateur de commandes, puis chauffeur-livreur. Ensuite, il était passé à l'administration, et c'est là qu'il avait rencontré Maria Cristina Loos.

Son boulot à elle, c'était de préparer des maquettes publicitaires pour les promotions des supermarchés Del Vasto. Elle dessinait assez bien, et leur relation était née de là. Paolo et Maria Cristina avaient parlé de peinture, et de fil en aiguille, ils avaient organisé un voyage à Paris pour y voir les œuvres des peintres français qu'ils aimaient tous les deux.

Ils s'étaient embrassés la première fois au Musée d'Orsay. Quelques jours plus tard, ils étaient allés ensemble à Giverny, puis à Pont-Aven, pour visiter les lieux où les peintres des siècles précédents avaient trouvé leur inspiration.
Leur idylle grandissait, et dès leur retour à Turin, il fut question de mariage. Il en fut d'autant plus question que Maria Cristina avait annoncé *urbi et orbi* qu'elle était enceinte de Paolo.

Le père de Paolo avait froncé les sourcils, et pourtant il ne s'était pas opposé au mariage, malgré le jeune âge de son fils – vingt-cinq ans. Maria Cristina Loos n'était ni très jolie ni très douée, mais elle jouait à la perfection la comédie de l'amour fou, et lui aussi s'y était laissé prendre, comme Paolo. Le bonheur évident de son fils l'avait attendri. Car au fond, Tullio Del Vasto avait beau se comporter comme un *pater familias* sévère mais juste, il avait d'abord à cœur le bonheur de ses enfants.

Et voilà le résultat de tant de bienveillance. Une aventurière aux dents qui rayaient le parquet avait mis le grappin sur Paolo, et la grossesse annoncée s'était interrompue spontanément. Quelquefois Paolo se demandait si cette grossesse avait vraiment existé.

Au vu de ce qui s'était passé par la suite, il était permis de se poser la question.

Chapitre Sept

TGV Paris-Turin

Dans un demi-sommeil, Bérénice voyait la campagne défiler autour d'elle sans y prêter attention. Son histoire d'amour avec Kenneth lui revenait en mémoire avec une netteté douloureuse.

« Je ne pourrai t'appeler que tard le soir, » lui avait dit Kenneth, « dans la journée j'ai trop de choses à faire. »
« Moi aussi, j'ai des journées de folie, à mon boulot, » avait dit Bérénice sans trop se poser de questions. « Ça me va. »

Kenneth avait un chien, un terrier Jack Russell blanc avec un museau brun profond nommé Iago, et il appelait Bérénice pendant qu'il lui faisait faire sa promenade. Elle adorait ces rendez-vous quotidiens. Elle se préparait un rhum coca, s'allongeait sur son lit et ils parlaient de tout et de rien.

Elle avait voulu faire une surprise à Kenneth – elle ne voulait pas l'appeler Kenny, elle voulait que leur histoire commence avec son nom tout entier, comme ça elle serait différente du petit nom que tous ses copains – et surtout ses copines précédentes – lui donnaient. Elle avait repensé à son désir de visiter les Baléares. Comme elle n'y était jamais allée non plus, ce serait génial d'y aller ensemble, avait-elle pensé.

Un soir d'octobre encore baigné de douceur, après leur petit câlin téléphonique, Bérénice s'était connectée à un site de voyages low-cost et, sur un coup de tête, elle avait acheté deux billets d'avion pour Palma de Majorque, et un Dublin-Paris pour Kenneth, pour qu'ils puissent prendre l'avion ensemble pour ce premier week-end en amoureux.

Ça avait bien creusé son déficit, mais bon, Kenneth le valait bien. Bérénice avait envie de profiter de la vie avec lui. *Vive le débit différé*, s'était-elle dit.

Elle lui avait envoyé un SMS.
J'ai une surprise pour toi, avait-elle écrit, *prends un jour de congé vendredi et prépare ton maillot de bain, on part ensemble ce week-end.*

Elle avait ajouté un petit smiley clin d'œil et un cœur rouge. Elle se rendait bien compte qu'il avait peut-être déjà d'autres plans, mais elle lui avait écrit lundi, ça lui laisserait toute une semaine pour s'organiser s'il avait des rendez-vous déjà prévus au boulot. Et puis il lui avait dit qu'il brûlait d'envie de venir la voir à Paris. Ils feraient un petit saut aux

Baléares au lieu d'aller visiter la tour Eiffel, voilà tout.

La réponse de Kenneth se faisait attendre. *Il est sûrement en réunion*, s'était dit Bérénice, *son téléphone est sur silencieux, il n'a pas reçu mon message. C'est sûr, il est en réunion.*

Le texto était arrivé après minuit.
Je ne vais pas pouvoir partir en week-end avec toi. Pardonne-moi.

C'était incompréhensible. Il ne disait pas pourquoi il n'était pas libre. Jusque-là, ils avaient échangé des messages tous les jours de la semaine. Pourquoi lui était-il soudain impossible de venir la voir ? Il fallait qu'elle en ait le cœur net. Elle lui avait envoyé un autre SMS.

C'est à cause de ton boulot ?
Le téléphone de Bérénice restait désespérément muet. Elle était revenue à la charge.
J'ai dit quelque chose qui t'a blessé ?

Ça lui arrivait quelquefois de lâcher sans y penser des petites phrases qui vexaient ses copains. C'était la rançon de son impulsivité. Depuis qu'elle était toute petite, elle parlait sans filtres. Elle n'avait jamais su cacher ses sentiments quand quelqu'un l'énervait ou lui était antipathique. Elle s'était fait plusieurs ennemis de cette façon, d'ailleurs, des ennemis pour la vie. Mais Kenneth ? Non, elle n'avait jamais rien remarqué. Et de toutes les façons, amoureuse comme elle l'était, elle plongeait dans son regard comme dans un lac d'eau bienfaisante et elle ne voyait rien d'autre.

Enfin, les trois petits points qui annonçaient que Kenneth était en train d'écrire devinrent visibles. Elle attendit, les yeux rivés sur l'écran de son téléphone.
Non, ce n'est pas ça, mais j'ai quelque chose d'important à te dire.

Cette réponse l'avait désorientée au lieu de la rassurer. Bérénice continuait à regarder les trois petits points se mouvoir sur l'écran de son téléphone pendant que Kenneth rédigeait la suite de son message, et son cœur avait manqué un battement.

C'était peut-être un pressentiment, ou une intuition, mais en un éclair, elle avait compris que l'illusion de la belle rencontre à laquelle elle avait tant cru allait se briser en mille morceaux.

Elle ne se trompait pas, mais c'était bien pire que tout ce que Bérénice avait pu imaginer pendant ces instants où elle attendait la réponse de Kenneth.
Je ne peux pas partir tout un week-end. Je regrette beaucoup que tu l'apprennes de cette façon, mais je suis marié. Pardonne-moi.

Il était très tard, sûrement pas une heure pour mettre en route un appel vidéo, mais elle l'avait fait quand même. Kenneth devait s'y attendre parce qu'il avait tout de suite décroché. Il était dehors pour promener le chien, et tout d'un coup Bérénice avait compris pourquoi il ne lui téléphonait que le soir, et toujours avec Iago.

La promenade du chien, c'était bien pratique comme prétexte pour lui parler en cachette, pendant ces trois semaines où elle flottait sur son petit nuage de bonheur. Un bonheur en toc.

« Tu es marié ? » avait crié Bérénice, les yeux écarquillés devant l'écran de son téléphone qu'elle tenait à bout de bras. Elle avait eu l'impression qu'une flèche l'avait touchée en plein cœur. Kenneth n'avait jamais porté d'alliance. Et il ne lui avait jamais rien dit. « Et c'est maintenant que tu me le dis ? »

Le visage de Kenneth, trop proche de l'écran du téléphone, paraissait bizarrement déformé. Bérénice ne le reconnaissait plus.
« Quand on s'est rencontrés, je croyais que tu étais mariée, toi aussi. »

Ça aussi, ça l'avait sidérée. Kenneth n'avait aucun mal à envisager ni de tromper sa femme, ni que Bérénice trompe son hypothétique mari.

« Mais après, tu t'es bien aperçu que j'étais célibataire, non ? »
« C'est plus compliqué que tu ne l'imagines, » avait-il dit. « Ça faisait longtemps que je voulais tout te raconter, mais je n'en ai pas eu le courage. »

Elle était restée sans voix pendant quelques secondes, pétrifiée, tandis qu'il la regardait, l'air penaud.

« Mais enfin, Kenneth, à quoi pensais-tu ? » avait-elle fini par dire. « Si j'avais su que tu étais marié, jamais je ne me serais embarquée dans une histoire avec toi. »

« Tu ne comprends pas, je n'étais capable ni de te le dire, ni de te quitter. » Il avait hésité un instant, puis il avait recommencé à parler d'une voix que la tension faisait chevroter. « J'ai vraiment flashé sur toi, je ne pouvais pas laisser passer ma chance. Et je tenais absolument à passer du temps avec toi à Dublin. »

Une fois de plus, Kenneth avait réussi à la décontenancer. S'il s'était trouvé là, devant elle, à ce moment-là, elle l'aurait sûrement secoué comme un prunier. Pour qu'il comprenne. Parce qu'il n'avait pas l'air de saisir l'énormité de son omission.

« Et tu n'as pas pensé une seule seconde à ce que ça pourrait me faire, à moi, d'apprendre de que tu es marié, comme ça, par texto ? Et d'ailleurs, tu comptais me le dire quand ? Tu voulais faire durer la comédie encore longtemps ? »

La main de Kenneth avait tressauté à cause du chien qui tirait sur sa laisse, pressé d'aller explorer d'autres lampadaires.

« Au pied, Iago, » avait-il dit avant de se tourner à nouveau vers l'écran où le visage de Bérénice paraissait plus furieux que jamais. « J'allais te l'annoncer, évidemment. J'attendais juste le bon moment pour le faire. »

Quelle excuse à la con, avait-elle pensé. *Dire que je me retrouve dans le rôle de la maîtresse d'un homme marié. C'est sordide. Je n'ai jamais voulu ça.*

« Le bon moment, c'était tout de suite, dès qu'on s'est rencontrés, » avait-elle dit. Les paroles se bousculaient sur ses lèvres, tant elle était en colère. « Et jamais je n'aurais accepté de sortir avec toi si j'avais su que tu étais marié. »

À ce moment-là, Bérénice avait eu la nostalgie des bons vieux téléphone filaires, comme sa grand-mère en avait encore. Ceux-là, on pouvait les raccrocher au nez de l'interlocuteur d'un coup sec, en faisant résonner les tympans de la personne qui se trouvait à l'autre bout du fil. Avec le portable, c'était impossible. On ne pouvait qu'appuyer sur la petite icône rouge, mais elle s'était au moins offert la petite satisfaction de bloquer son numéro, à ce rat.

Et à cause de ce qu'elle avait ressenti, à cause de cet homme-là, à cause de cette trahison, elle n'avait plus de mec depuis sept mois.

Métro, boulot, dodo, boire des coups avec des copines, écouter leurs plans cul foireux et se dire qu'elle avait de la chance d'être en dehors de toutes ces complications, c'était toute sa vie.

Le travail d'abord. L'amour pouvait attendre.

Chapitre Huit

Bar San Michele
Turin Centre

Paolo saisit sa jambe à deux mains et la plaça sur l'assise rembourrée de cuir d'une chaise.

Le café était plus animé, maintenant que les retraités qui jouaient chaque jour au gin rummy avaient été rejoints par d'autres clients.

Beaucoup de jeunes gens étaient attablés et menaient des conversations bruyantes, après s'être longuement retenus de parler lorsqu'ils travaillaient à la bibliothèque universitaire toute proche.

Son téléphone sonna. C'était Emanuele.
« On est célibataires, tous les deux, ce week-end, on pourrait faire une virée ensemble au lac de Garde ou à Milan ? » dit son frère.
« C'est gentil, mais non merci. »
« Tu ne peux pas gâcher ta vie comme ça, à cause de Maria Cristina, Paolo. » Une pointe d'impatience s'était glissée dans la voix d'Emanuele. « Cesse de te morfondre, il y a d'autres femmes qui n'attendent que toi. »

« J'ai déjà cru avoir rencontré la femme de ma vie, » dit Paolo avec une pointe d'auto-dérision, « je n'en retrouverai pas d'autre. »
« Mais qui te parle de retrouver la femme de ta vie ? Je te propose juste de sortir un peu de la maison, et de t'amuser. »
« Peut-être une autre fois. » Mais dans son for intérieur Paolo pensa, *non, ni maintenant ni plus tard.*
« C'est ça, reste assis, ne fais rien pour t'en sortir, » fulmina Emanuele. Et il raccrocha sans dire au revoir.

La seule chose que Paolo acceptait sans rechigner, c'était de s'occuper de ses neveux lorsque leur nounou était absente. A trente-cinq ans, Emanuele était marié depuis six ans avec sa manager, Patrizia, qui voyageait souvent pour négocier ses contrats. A chaque fois qu'elle s'absentait, il s'occupait avec une attention vigilante de ses deux petits garçons de trois et cinq ans, Tonino et Marcolino, et il les confiait quelquefois à Paolo.

Mais Emanuele est injuste, quand il dit que je ne fais rien pour m'en sortir, pensa Paolo. *J'avance, au contraire, aussi vite qu'un escargot paralytique, d'accord, mais j'avance.*

Et dans le bourdonnement des conversations tout autour de lui, il repensa au moment où il avait repris ses crayons et ses pinceaux, qui étaient restés à prendre la poussière dans son atelier depuis qu'il avait commencé à travailler pour son père.

Dessin après dessin, il avait renoué avec ses désirs de jeune adolescent. Impossible pour lui de retourner travailler pour les supermarchés Del Vasto. Il avait eu une discussion orageuse avec son père, et celui-ci avait fini par se résigner à ne plus compter sur son fils pour reprendre sa chaîne de magasins lorsqu'il serait trop âgé pour s'en occuper. C'était un crève-cœur, mais son amour pour son fils cadet était plus fort que sa déception.

Pour Paolo, en revanche, la bénédiction tacite de son père à ce qui le passionnait depuis toujours avait été un profond soulagement.

Il était retourné à Rome et avait étudié un à un tous les tableaux de maître des grands musées, et de la Galleria Barberini, en particulier. A Florence, il avait passé des journées entières au musée des Offices, parmi les foules de touristes qui faisaient la queue devant les Botticelli monumentaux.

Il n'avait pas pu étudier aux Beaux-Arts, alors il s'employait à parfaire son éducation. Il copiait les statues de Michel-Ange, les tableaux du Titien et du Caravage, enfin, tout ce qu'il pouvait. A chaque fois, le fossé entre le modèle et la copie était si énorme qu'il l'écrasait.

C'était à Rome, à la Villa Borghese qu'il avait eu son grand moment d'illumination, presque une épiphanie. En regardant les splendides sculptures du Bernin, il s'était rendu compte de la beauté du corps humain, comme s'il le voyait pour la première fois. Il avait copié Le Rapt de Proserpine et ensuite Apollon et Daphné, et comme d'habitude, il était déçu du résultat.

Un peu pour se consoler de son échec, il s'était mis à recouvrir les nus sculpturaux de drapés qui, inconsciemment, s'étaient transformés en vêtements plus modernes.

Il avait regardé ses dessins avec stupéfaction. Et il avait compris que sa vocation, ce n'était ni le dessin ni la peinture. Il n'avait pas assez de talent pour ça. Sa vocation, c'était de mettre en valeur le corps des femmes grâce à des vêtements conçus comme des œuvres d'art.

Il s'était mis à observer des vidéos de défilés de grands couturiers. Il cherchait à percer le mystère de ces vêtements, puis il essayait de les reproduire en perçant le secret de leur architecture.

Il avait trouvé un maître-tailleur qui lui avait enseigné les arcanes de son métier, et il avait commencé à réaliser des prototypes sur un mannequin en osier auquel il avait donné des mensurations de déesse.

Une amie de la famille Del Vasto, une brune sévère au buste plat, lui avait commandé une robe de soirée. Par la grâce du vêtement qu'il avait conçu pour elle, elle s'était transformée en une ravissante sirène, et toutes ses amies voulurent que Paolo accomplisse le même miracle pour elles. Peu après, grâce au bouche-à-oreille, il avait trouvé un poste de styliste à Moda Nuova.

Sa tasse de café était vide. Paolo paya puis se leva avec précaution. En appui sur sa canne, il se remit en route vers les locaux de Moda Nuova.

Chapitre Neuf

Gare de Porta Susa
Turin

Le train traversa un long tunnel, puis s'arrêta quelques instants en gare de Bardonecchia. C'était la frontière.

Des policiers italiens contrôlèrent les papiers d'identité de Bérénice et ceux de Giorgio, qui se rendormit immédiatement. Il ne restait plus qu'une heure environ avant l'arrivée à Turin, et elle glissa elle aussi dans un sommeil léger.

Elle ne se réveilla que lorsque le train entra en douceur en gare de Turin.
« C'est là que nos chemins se séparent, » dit Giorgio en lui tendant sa carte de visite. « N'hésitez pas à m'appeler si vous rencontrez le moindre problème. »
« Je n'ai parlé que de moi tout le temps, » dit Bérénice. « Je le regrette. »
D'un geste de la main, Giorgio lui indiqua qu'elle n'avait pas à s'excuser.
« Vous aviez besoin de parler, et moi d'écouter. Tout se produit pour une raison, n'est-ce pas ? » dit-il, le regard pétillant de gaieté.

Il reprit sa valise, et disparut en quelques longues enjambées. Bérénice ramena derrière l'oreille des boucles blondes qui s'étaient échappées du chignon désordonné qu'elle avait fixé au sommet de sa tête avec un crayon, puis elle ramassa sa valise de toile, et elle descendit sur le quai à son tour.

La gare de Porta Susa était vaste, ultra-moderne, futuriste même avec ses immenses espaces et ses toits arrondis. La nuit était sur le point de tomber et Bérénice tâtonna un peu avant de trouver l'arrêt de l'autobus qui la mènerait à l'adresse que sa logeuse lui avait indiquée.

Six arrêts, puis elle devait continuer à pied. « Ce sera plus facile que de prendre un deuxième bus, il n'y en a qu'un seul par heure, » lui avait dit la vieille dame en lui expliquant l'itinéraire depuis la gare.

Bérénice avait suivi son conseil, parce que s'il y avait une chose qu'elle ne supportait pas, c'était d'attendre.

D'après Google Maps, il lui fallait encore marcher une vingtaine de minutes. Sa valise à roulettes tressautait sur les pavés en faisant un bruit d'enfer, et pourtant elle parvint à entendre la sonnerie de son téléphone.

En l'honneur de son nouveau boulot, elle avait mis les premières mesures de la Traviata en guise de sonnerie. *Un opéra de Verdi,* avait-elle pensé, *ce sera bien pour fêter mon arrivée en Italie.*

Avant, c'était une chanson de Beyoncé qui lui annonçait ses appels, *All the Single Ladies*, ça convenait bien à son humeur après le sale tour que Kenneth lui avait joué. Mais du coup, elle mit un moment avant de comprendre que c'était elle qu'on appelait.

« Salut Margaux, » dit-elle d'une voix essoufflée. Les pavés la forçaient à faire jouer les muscles des biceps pour guider sa valise, et sa respiration s'en ressentait.
« Alors, Turin, c'est comment ? »
En entendant les hauts talons de sa meilleure amie marteler le bitume d'un pas aussi vif que déterminé, Bérénice mit l'appel en vidéo pour voir d'où Margaux l'appelait : elle se trouvait boulevard de Ménilmontant, sur le terre-plein central, tout près de son appartement.

Bérénice ressentit une violente nostalgie pour elle, pour Paris, pour sa vie d'avant.
« Je suis encore en route, » dit-elle très vite, pour éviter de s'appesantir sur cette sensation qui menaçait de lui mettre la larme à l'œil. « Et toi, raconte-moi. Ça se passe comment avec Louis ?»
« Louis, c'est terminé. Maintenant, c'est Thomas que je vois, » annonça Margaux en baissant un peu

la voix, sur le ton de la confidence. Sans doute n'y avait-il encore rien d'officiel.

Bérénice avait un surnom privé pour Margaux : serial lover. Elle ne le lui avait jamais révélé de peur de l'offenser – même quelqu'un d'aussi direct qu'elle l'était, savait quand il valait mieux se taire.

C'est que Margaux était à chaque fois sincère, et elle s'engageait à fond dans chaque nouvelle relation, aussi courte soit-elle.

Ravissante comme elle l'était – menue, avec des traits finement dessinés comme ceux de sa mère vietnamienne, un regard vert hérité de son père norvégien, et une chevelure noire qui descendait en un brillant rideau jusqu'au creux de sa taille – les hommes tournaient autour d'elle comme des papillons attirés par la lumière.

Seulement voilà, elle avait l'habitude de s'enthousiasmer pour un homme pendant un temps. Puis une fois l'excitation des débuts passée, elle remarquait tout ce qu'elle avait voulu éviter de remarquer au début. Les gros défauts et les petites qualités.

S'il ne laissait pas de pourboire au café, c'était la fin de tout. Elle avait financé ses études en travaillant dans un restaurant, et elle savait trop bien ce que ça signifiait pour les serveurs.

« Alors, raconte-moi ! Tu l'as rencontré comment ? » demanda Bérénice.
Même si sa propre vie sentimentale était à l'arrêt, celle de Margaux l'intéressait toujours.
« Je faisais du jogging en bord de mer, » commença Margaux d'un ton rêveur.
« C'était chez tes parents à Nice, alors ? »
« Mieux que ça. Tu te souviens que j'étais à Valence, au mois de février ? »
« En Espagne ? Oui, je me souviens, tu y étais pour la Saint Valentin. Mais seule. »
« C'est ça. Ça me filait le bourdon d'être sans mec ce jour-là, à Paris. »

Elle s'arrêta de parler, pensive. Bérénice remarqua qu'un léger sourire flottait sur ses lèvres.
« Alors ? » dit-elle, impatiente de savoir la suite.
« Alors il faisait beau et chaud, tout le monde se baladait en T-shirt, et j'ai décidé d'aller courir pour me vider la tête. Il y a une grande promenade en bordure de la plage, c'était plein. Des couples, des joggeurs, des classes avec leurs professeurs, des infirmes en petite voiture, des vieux enlacés. On s'est croisés deux fois, et la troisième fois il m'a souri. »
« Vous avez parlé ? »
« Non, mais le lendemain, si. Il m'a invitée à prendre un café. On avait les yeux dans les yeux tout le temps et on s'est embrassés si longtemps que la

serveuse nous a demandé si on était de jeunes mariés. »

Bérénice ponctua cette remarque d'un rire, malgré son bras qui commençait à lui faire mal. Le souffle lui manquait, à force de tirer la valise et de parler en même temps dans le téléphone tenu à bout de bras, pour voir Margaux. Mais elle avait envie de connaître la suite.

« Et on ne s'est plus quittés, » poursuivit son amie sans remarquer que l'effort colorait de rose les joues de Bérénice. Celle-ci s'arrêta un instant pour reprendre son souffle.

« Et vous avez parlé en espagnol tout le temps ? » demanda-t-elle.
« Mais pas du tout, il était français lui aussi. Et ce n'est pas fini. On a décidé de se revoir à Paris, ce soir. »
« Je compte sur toi pour venir à Turin me le présenter, d'accord ? »
« Dès que j'aurai un peu moins de boulot à la fac. Mais je ne sais pas si on sera encore ensemble à ce moment-là. »

Après que Margaux eut raccroché, Bérénice se remit en marche en pensant à la thèse à laquelle son amie avait commencé à s'atteler depuis déjà deux ans. Elle avait choisi d'étudier le thème de la mort dans *A la recherche du temps perdu*. L'œuvre de

Proust était tellement compliquée que ç'aurait pu être l'un des travaux d'Hercule.

Elle admirait le courage et la ténacité de Margaux, mais qu'est-ce qu'elle était contente de ne pas être obligée de faire ce genre de chose.

Bérénice avait eu du mal à rédiger son mémoire de fin d'études. Disserter, ce n'était pas son truc. Ce qu'elle aimait, c'était la création de modèles tirés de son imagination. Inventer de nouvelles façons d'habiller les femmes et les hommes, mettre au point des techniques pour qu'un tissu s'adapte au corps et non l'inverse, c'était cela qui faisait pétiller son esprit.

Elle arriva devant l'adresse qu'on lui avait indiquée, une villa cossue de deux étages, peinte en jaune ocre. La façade était percée de plusieurs fenêtres ornées de vitraux et de petits garde-corps en fer forgé délicatement ouvragé.

Quelques caryatides soutenaient le toit dans des poses gracieuses et, posées sous chaque corniche, Bérénice vit des moulures blanches représentant des couronnes de laurier et d'autres feuilles qu'elle ne reconnut pas.

Au moment de gravir les marches en marbre du perron, elle s'aperçut que l'une des roulettes de sa valise était tordue, sur le point de se détacher de son axe. Elle souleva le lourd bagage qui semblait sur le point de lui déboîter l'épaule et s'arrêta un instant en haut des marches avant de sonner.

Mais qu'est-ce qui m'a pris d'emporter tant de vêtements avec moi ? Ce n'est pas comme si on ne pouvait rien acheter à Turin, pensa-t-elle en se massant le biceps droit pour le décontracter.

Bérénice était impressionnée par le quartier de San Donato où elle se trouvait. La maison était beaucoup plus opulente que ce à quoi elle s'attendait, elle devait l'avouer. Mais plus elle réfléchissait, plus elle était déterminée.

Elle n'allait pas se laisser abattre par tout ce qui lui était arrivé pendant ces derniers mois. Elle refusait également de se laisser aller à penser que son éducation ne l'avait pas préparée à un environnement aussi luxueux. Elle avait du courage et de l'énergie à revendre, et c'était cela qui comptait.

Aujourd'hui, je prends un nouveau départ, se dit-elle, *et je vais me faire une place ici.*

A nous deux, Turin.

Chapitre Dix

Résidence d'Ottavia Morelli
Quartier San Donato
Turin

La porte s'ouvrit, et une femme vêtue d'une salopette en coutil bleu sur un T-shirt à manches courtes sourit à Bérénice depuis l'embrasure de la porte.

Avec ses cheveux blancs coupés courts, à la garçonne, ses baskets, et l'énergie qui émanait d'elle, elle n'avait pas vraiment l'apparence de la vielle dame fragile à laquelle Bérénice s'attendait.

« Vous êtes la jeune Française ! » s'écria-t-elle. « Bérénice Pichot, c'est ça ? » dit-elle en tendant la main et en offrant à Bérénice un sourire qui étira ses lèvres et plissa ses yeux gris-verts. « Je suis Ottavia Morelli. Bienvenue chez vous. »
« Votre français est excellent, » lui dit Bérénice, tout à trac. « Et moi qui m'attendais à ne parler qu'en italien. »
« J'ai passé quatre ans à Paris, pour étudier la littérature française et la poésie, mais il y a très longtemps maintenant, » dit Ottavia avec un sourire

malicieux. « Parler en français avec vous, ça va me rappeler de bons souvenirs. »

Elle jeta un coup d'œil à la valise, que la roue cassée faisait paraître usée et défraîchie.
« Posez vos bagages par ici, » dit-elle en indiquant un espace près d'une gracieuse console en marquèterie, au pied de l'escalier. « Nous allons d'abord prendre un thé, puis je vous montrerai votre chambre. »

Bérénice traversa le hall dont le sol de marbre était poli jusqu'à briller comme un miroir et pénétra, à la suite d'Ottavia, dans une pièce qui lui parut aussi grande qu'un demi-terrain de football.

Elle n'avait presque rien mangé de la journée et elle huma avec plaisir le parfum de pâtisserie au beurre qui flottait dans l'air.

« Parlez-moi un peu de vous, puisque nous allons passer un peu de temps ensemble, » dit Ottavia en souriant et en lui indiquant un canapé recouvert d'un tissu damassé d'un rouge profond.

Sur une table basse, deux tasses en porcelaine, une théière couverte d'une chaufferette et une assiette remplie de petits gâteaux les attendaient.

« C'est une longue histoire, » dit Bérénice en commençant à grignoter une madeleine. Elle était délicieuse. Elle l'engloutit et s'en resservit aussitôt une autre, sous le regard indulgent de son hôtesse.

Et pendant qu'elle racontait les grandes lignes de sa vie, pour la deuxième fois dans la même journée, elle sentit un surprenant bien-être l'envahir. C'était inattendu, mais c'était aussi bien agréable, l'accueil chaleureux que Giorgio puis Ottavia lui réservaient. Cette ville allait lui plaire, elle en était sûre.

oOo

Lorsque Bérénice se réveilla, le lendemain matin, elle fut saisie d'étonnement au moment où elle tira les rideaux – des rideaux de velours rouge, assortis au couvre-lit – et ouvrit sa fenêtre.

Les sommets enneigés des Alpes étaient visibles au loin, et les rayons du soleil naissant se reflétaient sur les cimes. La veille, elle n'avait rien remarqué, puisqu'il faisait déjà nuit lorsqu'elle s'était installée dans sa chambre. Elle l'avait trouvée accueillante, et la salle de bains attenante était confortable aussi.

Cette vue spectaculaire était comme un cadeau supplémentaire.

Pressée de commencer sa nouvelle vie, elle s'habilla d'un jean joliment troué à la naissance des cuisses et d'un T-shirt blanc. Elle réchauffa sa tenue d'une veste noire, qu'elle pourrait enlever dès que la température se ferait plus clémente, en milieu de journée.

Elle se regarda dans le miroir d'un œil critique et ajouta une écharpe en soie aux tons rosés. Une tenue sobre, mais subtilement féminine, c'était son style à elle.

Elle passa les doigts dans ses boucles blondes pour leur donner du volume, et considéra qu'elle était prête.

Sa logeuse lui offrit un café, que Bérénice refusa.
« Je préfère arriver en avance, le premier jour, au moins. »
« Vous avez prévu trois quarts d'heure de trajet ? Mais ça ne vous prendra que vingt minutes, pour y arriver en voiture, vous verrez. »

Les bureaux de Moda Nuova étaient installés dans l'un des faubourgs de Turin, le quartier Mirafiori, non loin du quartier général des automobiles Fiat-Chrysler.

La berline Fiat Tipo prêtée par Ottavia l'attendait le long du trottoir, sous les frondaisons d'un platane majestueux.
« C'est un très vieux modèle, » l'avait prévenue sa logeuse, « sans direction assistée, ni ABS, ni climatisation, ni fermeture automatique des portes. »

Bérénice avait haussé les épaules.
« Elle roule, c'est ce qui compte. »
« En plus, le compteur de vitesse a la manie de se mettre à zéro sans rime ni raison, et les vitesses craquent. »
« Pas grave, je conduirai prudemment. Si je devais faire le trajet en bus, ça me prendrait deux fois plus longtemps. »

Bérénice positionna son téléphone sur un support qu'elle avait acheté à cet effet, et ouvrit Google Maps. L'itinéraire lui parut simple et elle parvint à suivre les indications de l'appli. Tout se passa bien jusqu'au moment où elle manqua un tournant.

Et merde. Elle rebroussa chemin et entreprit une nouvelle recherche sur Google Maps. L'appli recommença à recalculer l'itinéraire avec une lenteur exaspérante. Sans doute la connexion était-elle mauvaise à cet endroit.

Une pluie fine s'était mise à tomber pendant qu'elle fixait son écran des yeux comme pour forcer son téléphone à mouliner plus vite. Sur le pare-brise, les essuie-glaces de la Fiat laissaient une trainée noire qui lui obscurcissait la vue.

Plus que quinze minutes avant l'heure prévue pour la réunion organisée précisément pour l'accueillir, et ce foutu téléphone ramait encore.

Arriver en retard le premier jour, ce n'est vraiment pas la meilleure manière de commencer un nouveau boulot, pensa-t-elle en se mâchonnant la lèvre inférieure. Il pleuvait dru, maintenant, et le martèlement des gouttes sur le toit de l'auto lui tapait sur les nerfs. Elle se frotta les sourcils de l'index pour apaiser son irritation.

L'itinéraire s'afficha enfin et elle fila tout droit dans une large avenue. Elle aperçut l'enseigne de Moda Nuova au sommet d'un immeuble sans grâce de six étages, à la façade couverte de pierres grises massives. Il ne lui restait plus qu'à trouver une place pour garer sa berline.

Elle trouva un parking qui desservait plusieurs sociétés, à en juger par les panneaux de signalisation qui délimitaient les emplacements réservés à chacune d'entre elles. Sans surprise, tous étaient occupés.

Elle refit un tour du parking au pas et poussa un cri de victoire. Une BMW noire sortait avec précaution d'une place en épi. Sous la pluie battante, Bérénice attendit que le conducteur finisse sa manœuvre. Juste au moment où elle allait se glisser dans l'espace laissé libre, une Alfa Romeo arriva du côté opposé et se faufila dedans.

Le sang de Bérénice ne fit qu'un tour. Non mais, quel enfoiré, ce type. Ou cette meuf, parce que la

pluie torrentielle l'empêchait de distinguer la personne qui conduisait l'Alfa Romeo.
« Ça ne va pas se passer comme ça, » dit Bérénice, en se jetant de toutes ses forces sur l'avertisseur.

Un homme sortit de l'Alfa Romeo et se tourna vers elle, l'air surpris par le vacarme du klaxon.
« Attends un peu que je t'attrape, » marmonna Bérénice, seule dans l'habitacle. Elle essaya de descendre, mais la tension avait rendu ses doigts si raides qu'elle ne parvint pas à détacher sa ceinture de sécurité.

Quand elle se libéra enfin, elle bondit hors de sa voiture, prête à en découdre avec l'indélicat qui venait de lui voler la place qu'elle convoitait.

La pluie s'abattit sur elle et lui trempa les cheveux en un instant. Le conducteur de l'Alfa Romeo avait claqué la portière et, appuyé sur une canne, il s'éloignait beaucoup plus rapidement que son handicap n'aurait pu le laisser penser.

« Hé, dites donc, vous ! » cria Bérénice. L'homme poursuivit sa route, utilisant un journal plié en quatre pour se protéger de la pluie. Sa jambe droite à la traîne ne semblait pas le ralentir outre mesure.

D'un coup Bérénice s'aperçut qu'elle avait crié en français. Elle le héla de nouveau, en italien cette fois.

L'homme se retourna et la regarda. Il haussa les épaules et écarta les mains dans un geste d'incompréhension ou d'impuissance.

Puis il pénétra dans l'immeuble sans plus se soucier d'elle.

Chapitre Onze

Locaux de Moda Nuova
Quartier Mirafiori
Turin

« Ah non, tu ne vas pas t'enfuir, mon petit bonhomme, » cria Bérénice, mais il n'y avait plus personne pour l'entendre.

Le souffle rendu saccadé par la colère, Bérénice retourna dans sa voiture, en croyant presque sentir des petits panaches de fumée lui sortir des oreilles, comme dans les dessins animés. L'heure de la réunion était déjà passée de cinq minutes.

Lui laisser un mot sur le pare-brise ? Lui rayer sa voiture avec une clé ? Plus tard, peut-être. Pour l'instant, le plus urgent, c'était de trouver une autre place pour se garer, le plus vite possible. Elle fit encore un tour de parking sans rien trouver.

A la guerre comme à la guerre, se dit-elle. Elle sortit du parking et se gara sur un emplacement de livraison. Ça lui vaudrait peut-être un PV, mais tant pis.

Déjà dix minutes de retard, et la violente averse ne donnait aucun signe de fléchissement. Bérénice se mit à courir à longues foulées, les yeux fixés sur la porte d'entrée.

Un mini geyser d'eau boueuse l'éclaboussa. Son élan brisé, elle s'arrêta net. Son pied droit disparaissait presque à l'intérieur d'une profonde flaque. Elle n'avait rien vu, tendue comme elle l'était vers son objectif.

« Et merde ! » cria-t-elle. L'eau avait presque atteint son genou. Maintenant, en plus d'avoir les cheveux mouillés, elle avait une chaussure pleine d'eau et une jambe de pantalon humide et froide.

Elle pénétra dans le hall de l'immeuble, et s'approcha du gardien qui, de derrière son hygiaphone, la regardait d'un air suspicieux. C'était un homme chauve d'une cinquantaine d'années, vêtu d'un uniforme gris dont la veste ne parvenait plus à se fermer sur son ventre.
« Moda Nuova, » annonça-t-elle, « s'il vous plaît, » se rappela-t-elle d'ajouter in extremis.

Le gardien la regarda de haut en bas.
« Vous avez raison d'y aller, ça ne vous fera pas de mal d'acheter de nouveaux vêtements. »
Mais de quoi se mêle-t-il donc, cet abruti ? pensa Bérénice, mais elle lui répondit quand même.

« Je ne viens pas acheter des vêtements, je viens en dessiner. Je suis styliste. »
« Styliste ? Vous n'en avez pas l'air, » dit le gros homme, l'air très satisfait de lui-même.
Bérénice le fusilla du regard.
« Et vous, vous avez surtout l'air d'un con, » dit-elle d'un ton si vif que le gardien comprit tout de suite qu'il valait mieux ne pas se frotter à cette jeune femme, toute dépenaillée soit-elle.
« Cinquième étage, » se contenta-t-il de dire laconiquement.

Les cheveux mouillés et pendant misérablement de chaque côté de son visage, ses chaussures laissant une empreinte sur le carrelage à chaque pas, Bérénice appela l'ascenseur qui, d'après le voyant lumineux, était au sixième étage. Lorsqu'au bout d'une minute, il n'avait pas entamé sa descente, Bérénice tapa du pied et elle grimpa quatre à quatre jusqu'au cinquième étage.

Le souffle court, elle poussa enfin la porte vitrée qui débouchait sur un espace de réception. Derrière un grand comptoir de bois blond, on devinait la présence de deux jeunes femmes dont on ne distinguait que le sommet de la tête.

Une ravissante créature vêtue d'une robe noire moulante qui s'arrêtait à mi-cuisses émergea de derrière le comptoir. « Ciao ! Vous êtes la

Française ? Voulez-vous coucher avec moi ? » dit-elle dans un français fortement accentué.

Puis devant l'expression estomaquée de Bérénice, elle se remit à parler en italien.
« Ce sont les seuls mots de français que j'ai retenus de mon voyage linguistique en France, » dit-elle, un sourire espiègle sur le visage.

« Vous passiez votre temps à dormir en classe ? » dit Bérénice, encore sous le coup de la colère ressentie dans le parking, puis dans le hall d'entrée.

La jeune femme choisit d'ignorer la remarque ironique que venait de faire Bérénice et la regarda avec intérêt pendant qu'elle sortait un kleenex de son sac pour sécher un peu ses cheveux, et enlevait son écharpe de soie rose, trop humide pour être portée autour du cou.

« Tu n'avais pas de parapluie ? » dit la réceptionniste en passant d'emblée au tutoiement, au grand soulagement de Bérénice qui ne maîtrisait pas bien le vouvoiement en italien. La jeune femme lui sourit de toutes ses dents, qu'elle avait parfaites.

« Moi, c'est Livia, » dit-elle en tendant la main à Bérénice. « Viens, je vais te conduire à la salle de réunion, » ajouta-t-elle. « Tous les chefs sont déjà là. »

Bérénice la suivit le long d'un couloir qui aboutissait à des bureaux en open space.

Pas étonnant qu'on ait souvent posé précisément cette question-là, à Livia, se dit-elle en observant le balancement des fesses musclées et pourtant fines de la réceptionniste sous sa robe ajustée.

Avec sa cascade de boucles brunes jusqu'au milieu du dos, ses ongles recouverts de vernis vert émeraude, son petit nez orné d'un diamant au-dessus de la narine droite et son maquillage impeccable, la réceptionniste ne pouvait qu'attirer les regards.

Bérénice eut un petit pincement au cœur en pensant à ses cheveux détrempés par la pluie, et à son propre visage, dépourvu de la moindre trace de poudre ou de fond de teint, et encore moins de fard pour les yeux.

Dès qu'elle essayait de se mettre de l'eyeliner, sa main déviait comme si elle était dotée d'une volonté propre et elle était obligée de tout recommencer. Quand enfin elle y arrivait après plusieurs essais, la couleur se retrouvait comme par magie sur ses cernes au bout d'une heure ou deux à peine.

En fin de compte, elle enlevait tout et elle clamait haut et fort qu'elle préférait le look naturel. Mais c'était un mensonge. En vrai, elle aurait adoré se faire des yeux de biche. Mais elle n'obtenait que des yeux de panda. Décourageant.

Elle suivit la jeune réceptionniste à travers un petit dédale de bureaux individuels séparés par des cloisons, qui n'offraient guère d'intimité à ceux qui y travaillaient. Plusieurs jeunes gens, penchés sur leurs tablettes graphiques, esquissaient des croquis de robes, de vestes et de manteaux. D'autres travaillaient sur des tableurs Excel à multiples colonnes.

Elles débouchèrent sur une antichambre meublée de quelques chaises à l'assise de velours vert bouteille et d'une table où trônait une machine à espresso rutilante. Livia frappa à l'une des portes et ouvrit sans attendre de réponse. Elle s'effaça pour laisser passer Bérénice, entra à son tour et s'assit près d'elle, dans un des fauteuils de cuir noir disposés face au bureau.

« Mademoiselle Pichot, comme c'est gentil à vous de vous joindre à nous, » dit un homme mince, vêtu d'un costume bleu marine d'excellente facture. Il était assis derrière un imposant bureau, sous une fenêtre en arc de cercle.

Elle reconnut Enrico Fassio, le PDG de Moda Nuova. Il lui avait posé quelques questions lors de l'un des entretiens d'embauche sur Skype.

Oui, oui, je sais bien que j'ai du retard, est-ce que c'est vraiment la peine de me faire une remarque sarcastique ? Et puis, ça va, il n'y a pas mort d'homme, pensa Bérénice, mais elle fit un sourire d'excuse et sentit qu'elle rougissait alors qu'elle bafouillait quelques mots sur les circonstances qui l'avaient amenée à être en retard.

Un rapide coup d'œil lui montra que la plupart de ses collègues portaient des vêtements à l'élégance classique et raffinée. Bérénice sentit tout d'un coup ses côtes se crisper. Même si elle n'avait pas été surprise par l'averse, sa tenue aurait été déphasée par rapport à celles de ses collègues. Elle s'était préparée à la va-vite et avait adopté un look décontracté, *casual chic*.

Peut-être qu'elle aurait dû, elle aussi, s'habiller de façon aussi protocolaire que le PDG et ses futurs collègues ?

Elle écarta cette idée d'un mouvement ferme du menton. Avec Steve Jobs, Xavier Niel et tous les autres, on avait pris l'habitude de voir les PDG en T-shirt, ou au plus, en chemise blanche, sans veste ni cravate, pensa-t-elle. Elle pouvait bien calquer son choix de vêtements sur les leurs. De toutes les façons, il était trop tard pour avoir des regrets.

Et puis elle n'avait que vingt-quatre ans, après tout. C'était sûrement l'âge idéal pour porter des tenues cool.

Le dos très droit et les jambes croisées posées en diagonale l'une sur l'autre, elle chercha à récupérer la dignité que la pluie et l'énervement lui avaient ôté.

Puis elle regarda ses collègues avec davantage d'attention et retint de justesse une exclamation de surprise.

Chapitre Douze

L'homme de l'Alfa Romeo était assis à sa droite, sa canne à pommeau d'argent posée en diagonale sur le bord de son fauteuil. *Trop bien.* Elle allait lui demander des comptes, à celui-là, lorsque la réunion se terminerait. Et il lui ferait ses plus plates excuses, elle allait s'en assurer.

Bérénice le regarda à la dérobée. L'homme était beau, non pas comme un mannequin au visage régulier et aux traits parfaits, mais d'une façon furieusement virile. Son front haut dégageait une impression de puissance olympienne. Sa mâchoire semblait ciselée par Michel-Ange en personne. Sans même mentionner son regard sombre au magnétisme presque palpable.

Ce n'est pas le moment de le dévisager, se rabroua-t-elle, et elle reporta toute son attention sur Enrico Fassio.

Le PDG se cala sur son imposant siège directorial, posa les mains sur son bureau. Il croisa les doigts, formant ainsi une petite pyramide.

« Maintenant que nous sommes au complet, la réunion peut commencer, » dit-il, et il se tourna d'abord vers Bérénice.
« Voulez-vous dire quelques mots sur votre formation et votre expérience professionnelle ? »

C'était la troisième fois qu'on lui posait la même question en vingt-quatre heures, si bien que Bérénice était maintenant rodée à l'exercice. Lorsqu'elle eut terminé, Enrico Fassio demanda à chacune des personnes présentes de se présenter pour que Bérénice puisse faire la connaissance de ses collègues.

« Gemma Castellan, directrice des ventes, » dit une brune maigre proche de la cinquantaine, vêtue d'un élégant tailleur pantalon grège. Des lunettes rectangulaires à monture noire barraient son visage, tandis que des talons aiguille vertigineux allongeaient sa silhouette.
« Elle est connue surtout pour essayer de se taper tous les jeunes apprentis, stylistes ou tailleurs, » lui chuchota Livia à l'oreille. Bérénice fit de son mieux pour conserver un visage neutre.

Puis ce fut le tour de l'adjoint de la directrice des ventes.
« Maurizio Guglielmo, chargé du marketing, » déclara un jeune homme fluet, au menton décoré d'un bouc soigneusement taillé. « Je m'occupe principalement de la publicité sur les réseaux

sociaux, et je crois que vous vous y connaissez aussi. »
« Ça ne te dérange pas qu'on se tutoie ? » demanda Bérénice, ravie que Maurizio ait pris la peine de consulter son Instagram. « Et si tu es d'accord pour que je travaille avec toi sur le marketing en ligne, ce sera avec plaisir. »
Maurizio acquiesça et lui lança un regard intéressé qui consola un peu Bérénice de son désastre vestimentaire.

Vincenzo Zuccarelli, le directeur des ressources humaines, prit la parole ensuite et récita son nom et sa fonction, avant d'exposer les problèmes qu'il rencontrait pour recruter des jeunes.
« Une vraie peau de vache, » murmura Livia, et Bérénice fit un signe de tête approbateur. Elle venait de reconnaître l'homme qui lui avait donné du fil à retordre lors du deuxième entretien d'embauche.

Le chef du service financier, Riccardo Forestiere, avait un style très différent de celui de Zuccarelli. Il décrivit en long et en large la situation générale de Moda Nuova, et beaucoup de temps passa avant que son discours ne se termine enfin. Les comptes devaient être redressés, c'était son message principal.
« Tu verras, celui-là, il va te vérifier chaque centime sur tes notes de frais, » lui souffla à l'oreille Livia.

La jeune femme réussissait à murmurer ses remarques caustiques en gardant un visage impassible. *Une redoutable observatrice de caractères*, pensa Bérénice, *et si elle jouait au poker, elle gagnerait tous ses bluffs.*

Fortunata de Luca, la chef d'atelier de couture se leva ensuite pour expliquer à quel point il était important de respecter les délais.
« Un seul retard, » dit-elle, « et c'est toute la chaîne de production qui est affectée. Et dans ce cas, nous ne pourrons pas assurer les défilés lors des différentes fashion weeks. »

Fortunata était l'unique personne du groupe à ne pas être d'une minceur impeccable et malgré les mises en gardes sévères qu'elle venait d'énoncer, Bérénice trouva ses rondeurs rassurantes.

Le dernier à se présenter fut l'homme de l'Alfa Romeo.
« Paolo Rossi. Je supervise toute l'équipe de stylistes et je m'occupe des défilés de la fashion week, » dit-il d'une voix de baryton qui produisit un effet remarquable sur Bérénice.

C'était une voix ample et grave, qui semblait résonner directement dans son ventre à elle, et peut-être plus bas aussi. Elle eut chaud tout d'un coup, et le regarda fixement, comme un lapin pris dans les phares d'une auto.

Puis toute la rage qu'elle avait ressentie sur le parking lui revint d'un coup. C'était à cause de lui qu'elle était arrivée en retard et qu'elle s'était attiré les sarcasmes du PDG.

Il fallait laver l'affront. Paolo ne perdait rien pour attendre.

« Vous connaissez maintenant l'équipe d'encadrement de notre société, » dit Fassio en s'adressant à Bérénice. Puis il continua en regardant chacune des personnes présentes.

« J'insiste sur le fait que pour emmener notre société vers le succès, l'engagement inconditionnel de chacun est une nécessité. Comme vous le savez sans doute, notre secteur est mal en point. Les ventes ont diminué de onze pour cent l'année dernière, alors que l'année précédente était presque atone déjà. C'est pourquoi je compte sur vous pour mettre à profit notre tradition d'élégance et de savoir-faire afin d'anticiper les tendances de la mode et gagner des parts de marché. Au travail ! »

Tous se levèrent et, en se dirigeant lentement vers la porte de sortie, commencèrent à échanger leurs opinions sur ce qui venait d'être dit. L'impression générale était celle d'une veille de bataille, tendue mais déterminée.

Bérénice se dirigea d'un pas résolu vers Paolo pour lui dire son fait lorsque le PDG l'interpella.

« Restez, Bérénice, j'ai à vous parler, » dit Enrico Fassio. « Vous aussi, Paolo. »

Elle fut tout de suite mal à l'aise, un peu comme la sensation d'être convoquée dans le bureau du proviseur. Elle se sentait aussi à son désavantage.

Même si ses cheveux étaient maintenant presque secs, la jambe droite de son pantalon restait désagréablement humide, et elle aurait voulu demander qu'on lui prête des vêtements de rechange. Après tout, dans une entreprise de mode, ça devrait pouvoir se trouver, non ?

Mais pour l'instant, il n'y avait rien d'autre à faire que de suivre Fassio dans son bureau. Avait-il quelque chose d'autre que son retard à lui reprocher ? Il ne peut quand même pas s'être rendu compte que j'ai abreuvé Paolo de toutes les insultes que je connais, pensa-t-elle, en vérifiant mentalement qu'elle n'avait fait que les penser, sans rien dire à haute voix.

Elle entra d'un pas décidé dans le bureau du PDG.

Chapitre Treize

Le bureau du PDG de Moda Nuova était vaste et d'une élégance classique. Enrico Fassio indiqua d'un geste à Bérénice et à Paolo des fauteuils de cuir noir disposés près de son bureau et les invita à s'asseoir. Comme lors de la réunion générale, il s'adressa d'abord à Bérénice.

« Vous avez été recrutée sur un nouveau projet, » commença Fassio, « mais est-ce qu'on vous a bien expliqué pourquoi ce projet est essentiel, Mademoiselle Pichot ? »

Ça tombe sous le sens, non, pensa Bérénice. *Pour faire du blé, quoi d'autre ?* Mais il valait mieux utiliser un autre vocabulaire en face de son boss.

« Je suppose que c'est pour faire des profits, » dit-elle. Elle repositionna ses jambes et se tortilla brièvement sur son siège.

Ce qui lui importait, à elle, c'était le côté créatif du travail de styliste. Évidemment, il fallait bien que quelqu'un les achète, ces modèles, mais le côté ventes et marketing dans le prêt-à-porter de luxe la mettait mal à l'aise. Ça lui rappelait Christophe, et ce n'était pas un bon souvenir.

Le PDG approuva d'un hochement de tête, mais conserva un visage sérieux.
« La collection printemps-été destinée à l'année prochaine sera primordiale pour redresser nos ventes. »

Comme toute personne travaillant dans le secteur du prêt-à-porter, Bérénice savait que tout un mois était consacré aux défilés de mode en septembre. La première fashion week avait lieu à New-York, puis elle était suivie par celle de Londres. Milan venait ensuite, et Paris fermait le ban.

C'étaient quatre semaines de folie, rythmées par les défilés, mais aussi par les événements mondains. Bérénice brûlait d'y participer depuis qu'elle était étudiante.

Sa jambe gainée de jean boueux se mit à bouger d'avant en arrière, de son propre accord. Les yeux de Fassio se fixèrent sur ce balancement. Elle força sa jambe à rester immobile.

« Moda Nuova sera présente dans les quatre villes ? » demanda Bérénice pour tenter de retrouve l'image de la fille calme et assurée qu'elle souhaitait projeter.
« Bien sûr. Nous considérons que les défilés de New-York et de Londres serviront de répétition

générale pour les fashion weeks de Milan et de Paris. L'Europe est notre tout premier marché. »

Le PDG se mit à tripoter un coupe papier en forme de poignard posé sur son bureau. Le manche était en ivoire jauni par le temps.
« Les modèles que vous avez publiés sur Instagram m'ont plu, » dit Fassio en poursuivant son exposé sans paraître conscient du geste machinal qu'il venait de faire. « Et c'est moi qui ai insisté pour vous embaucher. »

Fassio s'arrêta un instant de parler et baissa les yeux. *Il doit avoir quelque chose de désagréable à me dire*, pensa Bérénice. Son intuition se révéla juste.
« Je ne vous cache pas que votre recrutement a causé des remous. Certains membres de l'équipe s'y sont vigoureusement opposés. Mais j'ai insisté. »

Elle connaissait maintenant celui qui l'avait tant asticotée lors du second entretien, le DRH aux manières brusques, qui s'était présenté lors de la réunion. Vincenzo Zuccarelli lui avait bien fait comprendre que si elle était embauchée, ce serait à son corps défendant. *L'enfoiré*, pensa-t-elle sans une once de charité.

Paolo, qui n'avait pas dit un mot jusque-là, choisit ce moment pour intervenir.

« Moi aussi, je fais partie de ceux qui ne souhaitaient pas que vous rejoigniez notre société. »

Bérénice le foudroya du regard mais choisit de ne pas lui répondre pour le moment. Elle se tourna ensuite vers Fassio.
« Je vous remercie de m'avoir soutenue. Mais si je comprends bien, je ne vais pas être accueillie à bras ouverts par mes collègues. »
Fassio haussa les épaules.
« Il y aura sûrement quelques incidents, mais vous vous en sortirez, j'en suis sûr. Cependant, comme vous êtes en tout début de carrière, vous allez travailler de concert avec notre styliste senior, Paolo. »

Bérénice sentit les petits poils de sa nuque se hérisser.
« Vous voulez dire que je serai son assistante ? » dit-elle d'une voix dangereusement calme. Si le PDG répondait oui, elle se sentait prête à faire un scandale. C'était un vrai poste de styliste qu'on lui avait fait miroiter, pas un poste d'assistante.

Fassio mit ses paumes en avant, comme s'il avait perçu la tempête sous le crâne de Bérénice.
« Non, vous serez responsable de votre propre collection printemps-été, et Paolo aussi, » se dépêcha-t-il de dire. « J'attends de vous deux des vêtements destinés à des femmes élégantes de

vingt-cinq à soixante ans. Et je tiens à ce que les vôtres, Bérénice, aient la griffe parisienne. »

« Je vais me plier à la décision de la direction, » dit Paolo, « surtout si l'enjeu est celui de notre survie. Mais je tiens à dire publiquement que je préfère continuer à travailler dans le style qui est celui de Moda Nuova. Je trouve que c'est une erreur d'essayer de ressembler à tout le monde. »

Bérénice fronça les sourcils. Paolo était hostile, et d'une certaine façon elle le comprenait. Après tout, elle allait lui faire concurrence. Mais en plus, quelque chose ne collait pas dans ce que lui disait Fassio. Il valait mieux mettre les choses au clair tout de suite.

« Vous avez dit que nous allions réaliser deux collections, est-ce que ça ne va pas faire double emploi ? »

Bérénice se voyait déjà tout en bas de l'affiche, ses modèles relégués aux pires horaires de la fashion week, quand tous les acheteurs des magasins de Paris ou de New-York, épuisés, rêvaient seulement d'aller boire un verre puis de se coucher.

« Un comité se chargera de sélectionner les meilleures pièces de chaque collection pour les présenter à la fashion week, » expliqua Fassio.

Bizarre, ça. Un peu comme un jury d'examen. Et elle allait être mise en concurrence avec le styliste senior, aussi accueillant qu'un cactus. *Trop bien,* pensa-t-elle ironiquement. Mais il n'était pas question que le PDG s'imagine qu'elle avait peur. Elle tenait à faire bonne figure, même si le chemin s'avérait loin d'être semé de roses.

« Qui sera dans ce comité ? » se contenta-t-elle de dire.
« Nous serons trois. La directrice de notre maison-mère à Milan, une journaliste de mode et moi-même. »

Fassio sortit un kleenex de la boîte posée sur son bureau et se tamponna le front avec. Il ne fait pas si chaud que ça, pensa Bérénice, il doit y avoir encore quelque chose qui le met mal à l'aise. Son intuition fut confirmée une fois de plus par ce que Fassio dit ensuite.

« Ce défilé est celui de la dernière chance pour nous, » reprit le PDG. « Si nos ventes ne redécollent pas, Moda Nuova ne pourra pas payer la prochaine échéance de sa dette et sera rachetée par un fonds d'investissements. »

Fassio passa une main nerveuse dans ses cheveux. Les cernes violets sous ses yeux semblaient encore plus sombres qu'ils ne l'étaient lorsque Bérénice était arrivée. D'un bond, il se leva et alla ouvrir la fenêtre, comme si le fait d'avoir avoué les difficultés de sa société avait vicié l'air dans la pièce. La rumeur de la rue fit irruption dans l'atmosphère feutrée du bureau.

« C'est très important de garder le secret. Si cette information fuite, cela précipitera notre chute, » dit Fassio en fixant tour à tour du regard les deux jeunes gens.
« Mais je tiens à vous le dire à tous les deux, » reprit-il, « pour que vous sachiez bien qu'il s'agit de la dernière chance et pour que vous vous mettiez au travail en conséquence. Une OPA hostile a déjà été effectuée. Vous savez sûrement ce que ça signifie.»

Fassio était toujours adossé à l'embrasure de la fenêtre ouverte. Le son strident de la sirène d'une ambulance, cinq étages plus bas, souligna la gravité de cette révélation.

Bérénice haussa simultanément les sourcils et les épaules pour montrer qu'elle n'en savait rien, au contraire, tandis que Paolo eut soudain l'air hyper vigilant. Pour lui aussi, c'était une information nouvelle.

« Ça signifie que si la société est rachetée, il y aura des licenciements à la pelle, pour redresser les comptes, » expliqua Fassio, et il poussa un profond soupir. *Son poste à lui aussi est menacé,* se dit

Bérénice. *Ça doit être pour ça qu'il a l'air tellement stressé.*

Bérénice et Paolo se turent pendant que le PDG fermait la fenêtre et se rasseyait sur son fauteuil. Après le bruit des klaxons qui avait envahi la pièce quelques instants auparavant, le silence dans le bureau évoquait celui d'une grotte subaquatique.

Fassio prit une cigarette dans un paquet posé sur la table, la mit dans sa bouche, puis la reposa sans l'allumer dans un gros cendrier de verre taillé en forme de spirale.
« Vous savez tout, maintenant, » dit-il, et il repoussa son fauteuil pour se lever.

Bérénice comprit que l'entretien était terminé et se leva elle aussi. Paolo reprit sa canne et le PDG les accompagna tous deux jusqu'à la sortie.

« Je compte sur vous pour vous donner à fond, » dit-il en posant sa main sur la poignée de porte. « A moins que vous n'ayez envie de répéter vingt fois par jour 'Quelle sauce prendrez-vous avec votre hamburger ?' dans votre prochain travail. »

Fassio avait prononcé la dernière phrase sur le ton de la plaisanterie, mais l'expression grave de son visage et ses traits creusés démentaient cette tentative d'alléger l'atmosphère.

Dans l'antichambre, Bérénice relâcha sa respiration. Elle ne s'était pas rendu compte qu'elle retenait son souffle depuis un moment. Paolo se contenta de lui adresser un signe de tête avant de partir vers son poste de travail.

Tant mieux, se dit-elle. Parler de l'incident du parking lui paraissait secondaire au regard de ce que le PDG de Moda Nuova venait de révéler. Il lui fallait un peu de temps, seule avec ses pensées, pour digérer toutes les informations qu'elle venait de recevoir.

Elle s'arrêta devant la machine à espresso que Livia lui avait montrée en arrivant. Elle avait la bouche sèche, et son estomac s'était contracté en une petite boule dure. Elle allait prendre le temps de se préparer une tasse de café avant de téléphoner à la réceptionniste, comme celle-ci le lui avait fait promettre.

Ce que Fassio venait de lui dire avait stressé Bérénice, l'avait bouleversée presque. La mode, c'était son élément. Grâce à ce nouveau travail, elle allait visiter ces endroits qui jusqu'à présent lui avaient paru complètement inaccessibles. C'était un rêve qui se réalisait.

Mais si la survie de Moda Nuova était en jeu, ça devenait une responsabilité écrasante au lieu de l'étourdissante succession de défilés et de réceptions qu'elle avait imaginée.

La menace à peine voilée que Fassio avait proférée – celle de perdre son poste si les quatre fashion weeks n'étaient pas couronnées de succès – comptait moins pour elle que la perspective de la disparition de cette maison de mode.

Ce serait une catastrophe, car Moda Nuova avait été fondée presque un siècle auparavant et avait marqué son temps. Elle avait même étudié certains des modèles imaginés par le fondateur dans son cours d'histoire de la mode, à l'université.

Bérénice but une gorgée de son café et le trouva excellent. *C'est bien ma chance, d'être tombée sur une boîte en difficulté*, pensa-t-elle. *Quand je pense que je croyais avoir décroché le gros lot*. La faillite de Moda Nuova était suspendue comme une épée de Damoclès sur sa tête.

Et dire qu'on comptait sur ses créations pour redresser les comptes. Avec celles de Paolo, bien sûr. C'était quand même une responsabilité vertigineuse pour une jeune femme de vingt-quatre ans.

Mais c'était un défi à relever, et ça, ce n'était pas pour lui déplaire.
L'autre défi, ce serait de travailler avec Paolo.

Chapitre Quatorze

La sémillante Livia arriva à ce moment de ses réflexions. Bérénice suivit de nouveau la réceptionniste et son impertinent derrière, tout en vérifiant discrètement que sa veste à elle cachait bien la naissance de ses hanches.

Sa mère lui avait toujours dit qu'elle avait « des formes, » ce qui dans sa bouche signifiait qu'elle la trouvait grosse. Quelquefois, Bérénice se demandait si elle n'avait pas choisi de devenir styliste rien que pour créer des vêtements qui les cacheraient, ces maudites formes.

Elles traversèrent l'open space à nouveau. Les bureaux débouchaient sur un atelier baigné par la lumière provenant des fenêtres en arc de cercle qui occupaient tout le mur du fond.

Le regard de Bérénice fut tout de suite attiré par Paolo. Il était penché sur le vaste plan de travail central, en bois blond, occupé à découper une pièce de tissu blanc très fin, sûrement pour réaliser une première mouture de son modèle.

C'était toujours un grand moment lorsqu'on voyait en 3D, pour la première fois, ce qui n'était auparavant qu'une série de morceaux de tissu posés à plat. Le modèle serait ensuite affiné, ajusté et reconstruit de nombreuses fois avant d'en arriver au prototype qui irait en production.

Maintenant qu'en plus des révélations du PDG, Bérénice savait qu'ils étaient censés travailler ensemble, elle n'était plus aussi pressée qu'auparavant de dire ses quatre vérités à Paolo.

Elle ne put s'empêcher de remarquer que son corps, parfaitement à l'aise dans ses légers vêtements d'été, ressemblait à celui des statues qu'elle avait vues dans les musées.

Sa claudication ne changeait rien à l'affaire, et le rendait même encore plus attirant, enfin, pour quelqu'un qui aurait envie de jouer à l'infirmière, se dépêcha-t-elle de penser pour ne pas s'engager dans une rêverie dangereuse.

« *Ciao ragazzi*, voilà la Française, » annonça Livia en fanfare à tout l'atelier.

Les bavardages et le vrombissement des machines à coudre placées le long des murs s'arrêtèrent un bref moment, et quelques « Ciao ! » sonores fusèrent. Bérénice sourit à la ronde et agita la main elle aussi en répondant aux saluts des couturières et des tailleurs.

Paolo posa son morceau de craie, saisit la canne qu'il avait posée contre le plan de travail et s'avança vers les deux jeunes femmes en boitillant légèrement.

« C'est la troisième fois qu'on se rencontre aujourd'hui, » lui dit Bérénice.
Il était si grand qu'elle était obligée de lever le menton pour le regarder. Elle remarqua une cicatrice sur sa tempe, peut-être la trace d'une chute enfantine.

Le regard de Paolo survola Bérénice sans s'arrêter pendant qu'il balayait de son front une boucle de cheveux très bruns qui y avait glissé.
« Tu penseras à m'apporter les nouveaux ciseaux que j'ai commandés dès qu'ils arriveront, d'accord ? » dit-il en s'adressant seulement à Livia. « Ceux que j'ai sont vraiment nuls. »

Non mais, c'est une habitude, chez ce mec ? pensa Bérénice. Après l'avoir ignorée le matin dans le parking de façon si désinvolte, voilà que Paolo recommençait dans l'atelier. Et il avait à peine ouvert la bouche dans le bureau du PDG. C'était agaçant, à la fin.

Elle fit un pas de côté pour le regarder pendant qu'il continuait sa conversation avec la réceptionniste.

Ça ne lui arrivait pas souvent, qu'un homme ne lui accorde même pas un coup d'œil. Malgré les remarques caustiques de sa mère, elle savait très bien qu'elle attirait les regards masculins, y compris sur ses hanches, et ce n'étaient pas des regards indifférents, loin de là.

Paolo se tourna enfin vers elle. « Mademoiselle Pichot, » dit-il avec autant de sévérité qu'un principal de collège sur le point de tancer un élève récalcitrant, « vous faites erreur. Je ne vous ai jamais vue avant aujourd'hui. »

Bérénice le fixa, une fois de plus interloquée. Il ne s'était même pas aperçu de l'incident qui l'avait tant enragée sur le parking.
« Ce matin, » dit-elle, « vous m'avez vue ce matin, sur le parking, » en espérant qu'elle réussissait à le vouvoyer sans trop se tromper. « Vous êtes venu dans le sens inverse, et vous avez pris la place que j'attendais, de l'autre côté. »
« Vous délirez, Mademoiselle, » protesta Paolo, les sourcils tellement froncés qu'ils se rejoignaient et donnaient à son regard une expression féroce. « Je n'aurais jamais fait une chose pareille. »
Et pourtant si, pensa Bérénice.
« J'ai klaxonné, et vous m'avez vue, puisque vous vous êtes retourné. »

« J'ai bien entendu quelqu'un klaxonner, mais la pluie m'a empêché de voir qui c'était, » dit Paolo, parfaitement sûr de lui. « Mais tout cela n'a aucune importance, mademoiselle Pichot. Je tiens à vous dire une fois de plus que vous avez été embauchée contre mon avis. »

Bérénice eut un léger sursaut devant cette offensive frontale.
Il ne manque pas d'air, celui-là, pensa-t-elle. *D'abord, son amnésie de ce matin, et ensuite, il me dit ça. Il faut lui rabattre son caquet, et vite.* Curieusement, son hostilité vis-à-vis de Paolo avait disparu ou plutôt, elle s'était transformée en désir de batailler avec lui.

« Vous aviez un poulain, parmi les candidats ? »
Le demi-sourire qui relevait l'un des coins de la bouche de Bérénice était une provocation encore plus flagrante que ses mots.
« Il ne s'agit pas de favoritisme, » dit Paolo, la voix aussi tranchante qu'un poignard.
« C'est parce que je suis Française, alors ? » dit-elle d'une voix suave.
Ses yeux sombres se fixèrent sur elle, et Bérénice comprit qu'elle avait fait mouche.
« Je ne veux pas qu'on dilue l'identité italienne de la marque en lui ajoutant une touche française, » dit-il en détachant bien les mots, comme s'il craignait qu'elle ne comprenne pas. « Je ne suis pas d'accord avec le plan de Fassio. »

Il avait l'air hermétiquement enfermé dans sa colère et sa mauvaise humeur. *Il me fait penser à un bélier sur le point de charger*, pensa Bérénice.

« Nous aurons chacun notre propre collection, alors je ne vois pas où est le problème, » dit-elle, le menton relevé dans une attitude de défi.

Elle disait vrai. Après tout, elle n'était pas venue pour le concurrencer, mais pour faire ses premières armes en tant que styliste. Cependant, sa tentative de mise au point tomba sur un sol aride. Si les yeux de Paolo avaient pu envoyer des éclairs, elle aurait été foudroyée sur place.

« La *fashion week* de New-York est dans quatre mois. Vous croyez pouvoir y arriver ? » dit Paolo, sa superbe mâchoire tellement contractée que Bérénice crut entendre ses dents grincer. « Moi, ça fait déjà six mois que je réfléchis à mes modèles. » Puis il reprit sa canne et repartit vers le plan de travail aussi vite que le lui permettait sa jambe raide.

Bérénice avait vu distinctement un muscle tressauter au niveau de sa mâchoire. Elle avait tenté de calmer le jeu, et elle avait lamentablement échoué.

Elle suivit des yeux Paolo qui s'éloignait, le dos rigide de colère, et pourtant une ombre de sourire flotta sur ses lèvres. Un homme des cavernes, ce

Paolo, se dit-elle, impoli et sûr que je ne lui arrive pas à la cheville. C'était suffisant pour qu'elle ait envie de lui river son clou, mais pas avant d'avoir rompu quelques lances avec lui.

Elle se ferait un plaisir de se mesurer à lui et – qui sait ? – peut-être même d'avoir le dessus sur lui lorsque le comité de sélection des modèles se réunirait au début du mois d'août.

Chapitre Quinze

Debout devant le plan de travail, Paolo se remit à mouler un modèle de robe directement sur un mannequin de couture rembourré de mousse. Il extrayait les épingles une à une de leur coussin pour fixer chaque pan de tissu. Ses pensées, cependant, étaient arrimées à la conversation qu'il venait d'avoir avec Bérénice.

Un peu trop sûre d'elle, cette Bérénice, je trouve, se dit Paolo. Et je n'ai pas trop apprécié cette histoire de place de parking. Moi, j'étais de bonne foi, j'attendais depuis un bon moment déjà, bien avant qu'elle n'arrive.

Ça ne va pas être simple de travailler avec elle, ça se voit déjà à un kilomètre. Elle a l'air têtue comme une mule. Je dois quand même reconnaître qu'elle est jolie avec ses cheveux blonds tout bouclés. Et cette façon qu'elle a de tapoter ses lèvres pendant qu'elle réfléchit, c'est vraiment sexy.

Mais pourquoi s'habille-t-elle comme une orpheline ? En jean et en T-shirt, vraiment, alors qu'elle est styliste ? Et si au moins elle se mettait un peu de rouge à lèvres, elle serait pas mal.

Paolo secoua la tête, consterné par la direction que prenaient ses pensées.

Après tout, la façon dont la petite Française s'habille, ce n'est pas mon problème. Le vrai problème, c'est la putain de collection qu'elle va créer. Je suis sûr que ce sera tout en noir, austère comme au couvent. Ça ne marchera jamais chez nous. Les gens aiment la couleur, le rouge de la passion, et surtout la fantaisie. Elle va nous plomber encore plus au lieu de nous renflouer.

Que Bérénice fasse un triomphe ou qu'elle fasse un désastre, peu importe, au fond. Rien que le fait qu'elle soit là, ça chamboule tout l'équilibre de la boîte. Comme si Fassio me disait que mes collections ne sont plus à la hauteur des enjeux auxquels Moda Nuova fait face. Comme s'il avait décidé de miner la position que j'ai acquise en me mettant en concurrence avec la petite Française.

Arrête, se morigéna Paolo. *Tu ne vas quand même pas avoir peur de ce petit bout de femme ? Ta collection à toi, elle va rendre les femmes sexy et sûres d'elles. Tu vas te battre contre cette Bérénice à la loyale, comme tu sais le faire, comme tu l'as toujours fait. Et que le meilleur gagne.*

oOo

Bérénice se rendit au bureau qui lui avait été attribué dans l'open space. Un ordinateur à écran géant l'attendait, avec des photos de Ralph Lauren, Roberto Cavalli et Giorgio Armani en guise de fond d'écran.

Pas mal, comme figures tutélaires, se dit-elle. Évidemment, ça pouvait être intimidant, mais le truc, c'était de ne pas se laisser impressionner par ces génies et de tracer son propre chemin, elle en était persuadée.

Elle vérifia les logiciels à sa disposition. Les versions les plus récentes d'Illustrator et de Photoshop étaient sur le disque dur. Elle pourrait y mettre au point ses dessins, avant de réaliser les prototypes avec l'aide des couturières.

Cependant, elle commençait toujours par crayonner ses idées sur un cahier de dessin relié de cuir qui ne la quittait jamais. Du coup, elle avait déjà de nombreux modèles à divers stades d'achèvement.

Ce à quoi elle devait réfléchir, c'était à la griffe parisienne dont Fassio lui avait parlé. En quoi consistait-elle exactement ? Pour Bérénice, Paris, c'était plutôt un style de vie, une façon de prendre son apparence au sérieux, mais sans être esclave des modes.

Margaux, par exemple, n'hésitait jamais à mélanger les genres. Elle pouvait assortir un T-shirt des plus basiques avec une jupe à l'architecture compliquée créée par Lagerfeld, qu'elle avait chinée dans une friperie près des Halles. Une paire de délicats escarpins Jimmy Choo avec un jeans usé faisaient aussi leur effet à tous les coups.

En fin de compte, la marque de fabrique du chic parisien, c'était la décontraction et la simplicité.

Les couleurs étaient la plupart du temps neutres – du blanc, du beige, du bleu-marine et du noir, beaucoup de noir. La coupe, précise et pensée dans les moindres détails, était ce qui différenciait un vêtement de luxe d'un vêtement quelconque.

Enfin les tissus formaient une partie essentielle de l'équation. Bérénice devrait bien sûr prendre en compte les avancées technologiques, mais elle était sûre que les matières traditionnelles – le lin, la soie, la laine, le cachemire et le coton – auraient la part belle dans ses créations.

Elle décida de se limiter aux pièces intemporelles, celles qu'une femme de n'importe quel âge pourrait garder plusieurs années. Il y aurait un pantalon noir, un blazer assorti, mais à ne surtout pas porter ensemble, une chemise blanche, un trench-coat beige, un manteau de demi-saison bleu marine et une robe noire pour le soir. Une robe de mariée complèterait le défilé, comme le voulait la tradition.

Puis elle allait dessiner une série de T-shirts. L'un serait classique, droit et ajusté, mais plusieurs autres tiendraient compte de la mode actuelle des tatouages.

Les bras, les jambes, le dos, le cou, la nuque, le petit morceau de peau visible entre le jean et le T-shirt : toutes les parties du corps, chez les jeunes gens comme chez de nombreux moins jeunes, s'ornaient maintenant de dessins, de maximes, de symboles et même de mandalas.

Elle allait prévoir des découpes, des drapés et des décolletés qui laisseraient apercevoir ces décorations corporelles. Ces modèles feraient un carton.

Tu as du souci à te faire, Paolo. Tu ne te doutes même pas de ce qui va te tomber dessus.

Chapitre Seize

Résidence d'Ottavia Morelli
Quartier San Donato
Turin

À soixante-trois ans, Ottavia Morelli souffrait du syndrome du nid vide. Flaminio, son mari, était mort deux ans auparavant, emporté par une crise cardiaque.

Sa fille unique, Liana, avait définitivement quitté la maison pour se marier avec Vitali. Un charmant garçon, sans aucun doute, mais qui avait eu le mauvais goût de l'emmener aux Etats-Unis, où il avait obtenu un poste de chercheur à l'USC – University of Southern California – à Los Angeles.

Ottavia était allée lui rendre visite, et elle l'avait trouvée rayonnante dans sa nouvelle vie de jeune mère. Liana avait mis sa propre carrière entre parenthèses le temps d'élever son bébé, un adorable petit garçon nommé Pietro.

Ottavia avait été comblée par les quelques jours qu'elle avait passés à Los Angeles, mais dès son retour à Turin, elle avait été étreinte par la douleur de voir sa fille si loin d'elle, et la douleur de savoir que son petit-fils grandirait sans elle.

Son espoir de couler des jours heureux avec son mari après sa retraite de son poste d'enseignante avait sombré à tout jamais. Sa belle maison ne lui donnait plus qu'une sensation de vide et de tristesse.

Pour chasser les spectres qui la hantaient, Ottavia s'était mise à écrire avec passion. Elle avait aménagé un bureau dans l'une des pièces du premier étage qui donnait sur le jardin et avait placé son ordinateur face à la fenêtre.

Toute sa vie, elle avait adoré lire des romans policiers et elle en avait une imposante collection dans sa bibliothèque. Sans hésiter, elle avait commencé à en écrire un et elle le publiait petit à petit sur un blog, comme un feuilleton.

Elle adorait se plonger dans cet univers qu'elle avait créé pour y retrouver ses personnages. Elle leur imposait les pires épreuves sans aucun remords, en sachant bien que le héros finirait par rétablir l'ordre, et par vivre heureux, du moins jusqu'au crime suivant.

A sa grande surprise, une petite maison d'édition s'était intéressée à son travail. Cette reconnaissance inattendue l'avait ravie.

Et pourtant, elle ressentait le besoin d'une présence humaine chez elle le soir, quand elle tournait en rond de la bibliothèque au salon.

Elle s'était mise à boire du vin au dîner. Juste un verre ou deux au début, puis comme par enchantement c'était toute la bouteille, tous les soirs. Elle s'endormait sur le canapé en regardant la télé. Le matin, elle se réveillait avec un mal de tête de compétition. Sa main avait commencé à trembler lorsqu'elle s'approchait du clavier.

Il faut que ça cesse, s'était-elle dit, et elle avait publié l'annonce qui avait attiré la charmante Bérénice. *Quelle beauté*, avait-elle pensé lorsqu'elle avait vu Bérénice pour la première fois.

Ce teint d'albâtre sans la moindre trace de poudre ni de fond de teint, ces boucles blondes en désordre, sa silhouette aux courbes sensuelles – tout en elle respirait la séduction sans apprêt. Ottavia résolut sur le champ d'en faire un personnage de roman. Elle espérait que Bérénice se laisserait apprivoiser suffisamment pour cela.

Ottavia s'était aussi remise à créer toutes sortes d'occasions pour rencontrer ses amies, soit à l'extérieur, soit en les invitant chez elle. A cet instant précis, elle attendait la visite de Regina et elle regarda l'horloge murale pour vérifier l'heure.

Avec une synchronisation parfaite, le carillon de la porte d'entrée se fit entendre.
« Où est ta pensionnaire ? J'ai très envie de la connaître, » dit Regina.
Elle ne teignait pas ses cheveux, qui formaient une masse grise soigneusement disciplinée en un carré plutôt strict, qui démentait son caractère enjoué.
« Elle est allée faire quelques courses. C'est elle qui va se charger de préparer le dîner aujourd'hui. »
« Moi aussi, j'ai apporté quelque chose pour toi, » dit Regina avec un sourire malicieux. « Es-tu prête à connaître ton avenir amoureux ? »
« Vide comme le désert de Kalahari ? » dit Ottavia avec un demi-sourire ironique.

Elle connaissait le goût de son amie pour les techniques divinatoires. Malgré elle, Ottavia sentait que sa curiosité s'était éveillée.
« C'est quoi, cette fois-ci ? Tarot, astrologie ou numérologie ? »
« J'ai apporté tout ce qu'il faut pour lire dans le marc de café. »
« Je t'ai déjà dit que je ne crois pas à ces sornettes, » dit Ottavia en haussant les épaules, « et l'amour, à mon âge, ce n'est pas vraiment à l'ordre du jour. »
« Le marc de café, c'est prouvé que ce sont des prédictions fiables, voyons ! Sinon ça n'aurait pas perduré depuis les Mésopotamiens jusqu'à aujourd'hui. Et l'amour, ça n'a pas d'âge. »

Ottavia se résigna à la démonstration qui allait suivre. L'amitié, c'était aussi de savoir tolérer les petites manies et les obsessions des autres, même si on les trouve absurdes.

Regina sortit de son grand sac en cuir souple un minuscule récipient en cuivre rouge et au manche de laiton poli, un paquet de café qu'elle avait fait spécialement moudre très fin, et un châle en soie jaune pâle, parsemée de feuilles brodées dans des tons délicats de grège et de brun, qu'elle posa sur ses épaules.

Ce n'était pas la première fois qu'Ottavia la voyait faire. Regina tenait ce châle de sa grand-mère, qui lui en avait fait cadeau avant de mourir. Sa grand-mère lui avait aussi enseigné comment lire l'avenir dans le marc de café, comme cela se faisait autrefois dans la petite bourgade sicilienne de Sutera où elle avait grandi.

Pour Regina, ce châle usé mais encore très beau était comme imprégné de l'aura de son aïeule, venue de Sicile à Turin avec un sac de voyage et pas grand-chose d'autre, pour trouver du travail.

Quand elle fut prête, Regina guida Ottavia pas à pas à chaque étape du rituel du café.
« C'est essentiel que ce soit toi qui prépares le café, » dit-elle.

Elle observa attentivement pendant qu'Ottavia versait exactement la quantité nécessaire d'eau pour une tasse dans le récipient de cuivre. Puis elle lui demanda d'y déposer une cuillerée pleine de café moulu très fin, une cuillerée de sucre, et de remuer la mixture avec une minuscule cuillère en argent ciselé.

Dès que le liquide commença à bouillir, Ottavia éteignit le feu, et versa le liquide dans une tasse de porcelaine blanche microscopique.

L'attente commença. Le marc de café devait retomber au fond de la tasse en formant une masse dense d'un bon centimètre d'épaisseur.
« Concentre-toi sur l'amour, » dit Regina.
« Je me sens un peu bête, tu sais. »
« Après tout, qu'est-ce que tu risques à jouer le jeu ? »
« Pas grand-chose, tu as raison, » acquiesça Ottavia. Et pour la première fois depuis la mort de son mari, elle s'avoua à elle-même que la compagnie d'un homme lui manquait.

Au bout de plusieurs minutes d'attente, le marc de café était descendu au fond de la tasse, et Regina indiqua la marche à suivre à son amie. Il fallait qu'Ottavia avale les deux ou trois gorgées de café qui surnageaient, puis qu'elle renverse la tasse sur la soucoupe avec une rapide torsion du poignet. Il serait ensuite nécessaire d'attendre que le marc de café se dépose sur les parois de la tasse.

Regina regarda Ottavia sans sourire et lui prit les deux mains entre les siennes, pour la réconforter et aussi pour se mettre en accord avec les émotions de son amie.
« Voyons où ça en est, » dit-elle lorsqu'elle vit que plus une goutte de café ne s'écoulait sur la soucoupe.

Elle souleva la tasse. Toutes sortes de formes bizarres étaient apparues sur le fond et les parois latérales. La lecture pouvait commencer.
« Regarde ce croissant de lune, près du bord, c'est un symbole de prospérité très proche. Tu vas vendre beaucoup de romans. »

Ottavia se contenta de grogner sans se risquer à formuler une critique. Ses romans, elle les écrivait pour le plaisir, pas pour faire fortune. Elle dressa néanmoins l'oreille lorsque Regina, les yeux toujours fixés sur les parois de la tasse, recommença à parler.
« Tu vois cette casserole, là au milieu ? Tu peux être sûre que tu vas avoir un admirateur. Et regarde au fond, il y a un cercle parfait. Ça, c'est le signe de l'accomplissement d'un souhait. A condition que tu souhaites retrouver l'amour, évidemment. »

La porte s'ouvrit et Bérénice déboula dans la cuisine, les bras chargés de deux paquets en papier brun. Elle avait acheté du poulet, des champignons, du vin blanc et de la crème fraîche pour concocter l'un de ses plats préférés et le faire goûter à Ottavia. Elle n'avait entendu que la fin de la phrase de Regina.

« Qui souhaite retrouver l'amour ? » demanda-t-elle gaiement.
« Toi, j'espère, c'est de ton âge, » dit Ottavia. Elle s'était déjà reprise, après le moment d'émotion qu'elle avait ressenti lorsque Regina lui avait fait ses prédictions.
« Moi, l'amour, j'ai déjà donné, » dit Bérénice avec assurance. « Ce qui compte dans ma vie maintenant, c'est mon boulot. »
« Attends, je vais lire le marc de café pour toi, et on verra ce que l'oracle nous dit. »

Bérénice se prêta de bonne grâce aux étapes que l'amie d'Ottavia lui indiqua une à une. Quand la tasse fut prête, Regina la regarda attentivement pendant plusieurs minutes, en la tournant vers la fenêtre pour l'éclairer davantage.
« J'avais un petit doute au début, mais plus maintenant. Tu vois ces deux silhouettes qui se rejoignent en haut ? C'est un homme et une femme qui s'embrassent. »
« A quoi tu vois que ce ne sont pas deux femmes qui s'embrassent ? » dit Bérénice en riant.

« Regarde ce renflement, au milieu, c'est un homme, il n'y a aucun doute. Et en plus… » Elle s'arrêta un instant. « C'est un boiteux. »
« Trop bien, » dit Bérénice en saisissant la tasse et en la rinçant sous le robinet d'eau froide.
« Tu ne m'avais pas dit que ton collègue styliste avait une canne ? » interjeta Ottavia.
« N'y pense même pas, » dit Bérénice en levant les yeux au ciel. « Je commence à m'occuper du dîner, » continua-t-elle en se dirigeant vers la cuisine sans attendre de réponse.

L'image de Paolo s'était immédiatement imposée à son esprit avec une étonnante clarté lorsqu'Ottavia avait parlé de son collègue, et elle n'avait aucune envie d'en écouter davantage.

Évidemment, tout ça, ce n'étaient que des balivernes. Paolo n'était pas un amoureux possible pour elle, hostile comme il s'était montré. Et puis de toutes les façons, l'amour, ce n'était pas sa priorité. Elle avait pris la résolution de se consacrer au travail, et elle allait s'y tenir.

A l'improviste, son cœur se mit à battre à tout rompre. Maudites émotions. Mais qu'à cela ne tienne, elle allait les mater. Elle se lava les mains puis s'aspergea le visage d'eau froide avant de commencer à découper les filets de poulet en fines aiguillettes.

Sans transition, d'un geste saccadé, presque mécanique, elle prit dans le placard la bouteille de rhum dont Ottavia se servait pour aromatiser ses pâtisseries et en versa deux doigts dans un verre à eau.

Elle le but d'un trait, sans y ajouter de glaçons et sans en sentir le goût ni l'arôme.

Le feu de l'alcool lui brûla la gorge.

Ce fut seulement alors que le trouble qu'elle avait ressenti au creux de son ventre s'estompa.

Chapitre Dix-Sept

Parco del Valentino
Turin

C'était l'heure de la sortie des écoles. Le terrain de jeu était pris d'assaut, et il fallait faire la queue pour accéder au toboggan.

Paolo prit la main de chacun de ses neveux et les entraîna jusqu'à la balançoire suspendue à un portique de métal peint en vert sombre. La file d'attente y était plus courte, et bientôt, Antonio put s'asseoir sur l'une des planches.

« Allez, Tonino, plie les jambes sous la balançoire et essaie de prendre de l'élan pour aller vers l'avant, » lui dit Paolo, en donnant une légère poussée à la planche de bois qui servait de siège.

Le petit garçon obéit, mais la balançoire oscillait sur place, sans plus. Le grand frère de Tonino observa les efforts de son frère en sautillant d'impatience.
« C'est mon tour, c'est mon tour, Tonino n'y arrive pas, » cria-t-il de sa petite voix grêle d'enfant de cinq ans.

« Patience, Marcolino, » dit Paolo. « Laisse à ton frère le temps d'apprendre. Toi aussi, à son âge, tu étais pareil, au début. »

Emanuele avait demandé à son frère d'accompagner ses enfants au terrain de jeux, ce dimanche-là, afin de pouvoir participer à un entraînement.

Il avait été sélectionné pour participer au tournoi de Wimbledon, à Londres, fin juin. Sa femme et manager, Patrizia, le soumettait à un programme d'entraînement digne du sergent instructeur sadique de *Full Metal Jacket* et l'isolait soigneusement de toute vie sociale et des tentations qui allaient avec.

Emanuele ne s'en plaignait pas. Avec elle, il avait gagné le Grand Chelem une année, et il brûlait de renouveler l'exploit.

Paolo chérissait ces instants avec ses deux petits diablotins de neveux et pour rien au monde il ne les aurait manqués. Il avait averti Livia qu'il ne viendrait pas travailler ce jour-là pour raisons familiales et il jouait avec entrain avec Antonio et Marco – Tonino et Marcolino pour les intimes.

Les deux gamins ne lui laissaient pas un instant de répit. Ils avaient essayé tous les jeux, de la balançoire aux échelles de corde, sans oublier le pont de bois suspendu entre un long tunnel auquel on accédait par un escalier, et un toboggan rendu brillant par les fonds de culotte des enfants qui y glissaient sans trêve.

Paolo avait choisi un terrain de jeux en bordure du Pô, et même s'il n'avait pas une minute à lui pour contempler ses larges étendues eaux paresseuses, il aimait l'idée de sa proximité.
« Les enfants, c'est l'heure du goûter, » appela Paolo. « On va aller prendre une brioche à la pâtisserie, d'accord ? »
« Pas tout de suite, » dit Marco, très occupé à taper sur une rangée de tambours colorés. « Écoute, oncle Paolo, je fais de la musique, » ajouta-t-il.
« Très bien, les percussions, mais moi, j'ai soif. »
« Moi aussi, j'ai soif, » cria Antonio et il s'agrippa au pantalon de son oncle. Celui-ci le prit dans les bras, et tous deux scandèrent « Mar-co-li-no, Mar-co-li-no, » jusqu'à ce que Marco abandonne les tambours pour les rejoindre.

Tous trois se dirigèrent vers la pâtisserie que Paolo connaissait depuis qu'il était tout petit. Il y allait avec Emanuele après l'école, lorsque tous deux étaient seuls à la maison pour le goûter, ce qui arrivait fréquemment depuis la mort de leur mère.

C'était une habitude qui s'était perdue au fur et à mesure que les deux garçons devenaient des adolescents puis des adultes, mais Paolo tenait à la faire revivre pour ses neveux. Cette pâtisserie était en effet pour lui un lieu réconfortant, où les parfums de vanille et de chocolat lui avaient procuré autrefois la quiétude et l'apaisement que sa mère ne pouvait plus lui donner. L'établissement avait changé de propriétaire au moins deux fois, mais tous avaient conservé les miroirs anciens et les boiseries patinées par le temps. Les *cornetti* étaient toujours aussi délicieux que dans son souvenir.

En sortant, ils croisèrent une foule de gens qui flânaient dans la douceur presque estivale de la fin de journée. Paolo poussait le petit Antonio endormi dans son baby roller, épuisé par sa journée, tandis que Marco trottinait à ses côtés.

Le cheminement était malaisé pour Paolo : il ne pouvait utiliser sa canne et l'avait remisée dans le compartiment inférieur de la poussette. Du coup, sa claudication était plus accentuée que d'habitude.
Ça ne dérangeait pas son neveu, qui pouvait ainsi avancer en flânant et en examinant chaque vitrine qu'ils rencontraient.

Paolo vit que le coin des lèvres de Marco était taché de sucre glace.
« Essuie-toi la bouche, » lui dit-il en lui tendant un mouchoir en papier.

Par l'un de ces bizarres réflexes hérités de l'homme de Néandertal, et que l'évolution n'a pas éliminé, Paolo sentit tout d'un coup que quelqu'un le regardait. Il aperçut Bérénice sur le trottoir d'en face et voulut la saluer. Mais à peine eut-il levé les yeux qu'elle détourna son regard et pressa le pas, avant de disparaître au milieu de la foule.

Quel comportement bizarre, pensa-t-il. *Pourquoi a-t-elle évité de me saluer ? Elle n'est pas timide, pourtant, il me semble, ou alors je suis très mauvais juge de caractère.*

Un ami qui avait passé un an à Paris lui avait raconté à son retour que les voisins qui le saluaient matin et soir dans l'escalier de son immeuble évitaient soigneusement de le faire lorsqu'ils le rencontraient par hasard dans la rue. C'était peut-être aussi un truc de Français, après tout, d'ignorer les collègues en dehors du contexte du boulot.

Il haussa les épaules. Qu'elle lui dise bonjour ou non, ça ne changerait rien au fait qu'ils devaient travailler ensemble.

Chaque jour, à Moda Nuova, ils s'accrochaient et se lançaient pique sur pique. L'ambiance entre eux était électrique.

Devant elle, il faisait comme si ça ne l'affectait pas, mais en vrai, c'était une putain d'épreuve, jour après jour.

Chapitre Dix-Huit

Bar Tiglio
Turin

Le soir même, Paolo avait rendez-vous avec Grazia pour l'*aperitivo* au Tiglio, un bar situé sur une petite place piétonnière du quadrilatère romain de Turin.

Grazia était une amie avec laquelle il entretenait des relations en pointillé. Une soirée ensemble de temps en temps, sans engagement ni prise de tête de part et d'autre. C'était tout ce qu'il réussissait à tolérer après le désastre de son mariage à Maria Cristina.

Il se rendit à pied au Tiglio, qui devait son nom au tilleul déployant ses branches majestueuses au centre de la place. Il claudiquait en s'appuyant sur sa canne, pour se conformer aux ordres du kiné. Il sentait bien que plus il marchait, plus ses muscles s'assouplissaient et se déliaient, et plus la douleur s'estompait.

Le quartier romain était en pleine rénovation. Cette zone que, dans son enfance, son père lui conseillait d'éviter le plus possible, s'était transformée en un lieu à la mode, regorgeant de boutiques et de cafés.

L'un de ceux-ci était le Tiglio, qui faisait déborder les tables de sa terrasse jusqu'au tilleul qui ornait la place, ne laissant qu'un étroit passage pour les piétons.

Outre le charme de l'endroit, ce café offrait une très grande variété de petites choses à grignoter – depuis le jambon speck, jusqu'aux dés de parmesan et de pecorino, en passant par les fleurs de courgettes farcies et les tranches de pizza de toutes sortes. Il suffisait de commander un cocktail pour se servir à volonté au buffet chargé de ces appétissants petits plats. Sans surprise, presque toutes les tables étaient occupées.

Il réussit à en trouver une de libre, juste au moment où Grazia arrivait. Ils s'embrassèrent chaleureusement et Grazia le retint dans ses bras un peu plus longtemps que d'habitude.
« Ça faisait si longtemps que tu ne m'avais pas fait signe, » dit-elle, en souriant de ses lèvres charnues.
« Tu aurais pu m'envoyer un petit texto, toi. »
« Je déteste ce genre de truc, tu le sais. »
« Ah, c'est vrai, toi et tes préjugés anti-technologie, » dit Paolo, en levant les yeux au ciel, « à ce compte-là il faudrait communiquer avec toi par pigeon voyageur. »
« C'est ça, moque-toi de moi, » dit-elle, « mais quand Big Brother aura collecté toutes tes données, tu riras jaune, crois-moi. »

Grazia travaillait dans une bibliothèque, où elle s'occupait des achats de nouveaux livres. Elle savait parfaitement se servir des ordinateurs, des téléphones portables et d'Internet, et justement pour cette raison, elle effaçait soigneusement les traces qu'elle pouvait laisser sur le réseau.

Paolo se demandait quelquefois si sa méfiance n'était pas due au fait qu'elle devait cacher leur amitié à un autre homme. Il l'avait interrogée à ce sujet et elle avait toujours nié.

« Qu'est-ce que ce sera pour vous ? » dit le serveur qui était arrivé entretemps. Il semblait avoir vingt ans tout au plus, et il avait l'air harassé.

Ils commandèrent tous deux un Negroni, un mélange de gin, de campari et de vermouth où flottait une rondelle d'orange. En indiquant sa canne d'un geste, Grazia empêcha Paolo de se lever, et elle se dirigea vers le buffet pour charger une assiette de pizza, de fromage et d'olives.

Le barman n'avait pas lésiné sur le gin, et Paolo éprouva vite l'agréable sensation que l'alcool lui procurait à chaque fois. La tension qui habitait son corps se relâcha, et il commença à penser que le monde était un endroit somme tout vivable. Même la douleur dans sa jambe lui semblait plus légère.

Quand ils eurent fini leur *aperitivo*, Paolo déposa un baiser sur les lèvres de Grazia. Des effluves de vanille émanaient de la naissance de ses seins.
« J'aime beaucoup ton parfum. On va finir la soirée chez moi ? »

Grazia acquiesça avec un sourire et se leva, en tirant sur sa jupe courte pour la remettre en place. Paolo vit que la chaise avait laissé des stries rouges sur l'arrière de ses cuisses, et il eut soudain envie de les caresser.

Il se contenta de passer son bras autour de la taille mince de Grazia, en s'appuyant sur sa canne de l'autre main. Son flanc souple et chaud tout contre lui, la caresse de ses cheveux bruns sur son avant-bras et le parfum vanillé qu'il huma lorsqu'il lui mordilla le cou rendirent le trajet jusque chez lui difficile.

Il était impatient de la tenir dans ses bras, mais il jouissait aussi de l'attente, des regards qu'ils s'échangeaient en pensant à ce qui allait suivre.

Paolo habitait un immense appartement dans un palais baroque du dix-septième siècle. Même rénové selon les goûts contemporains, son appartement continuait à évoquer, par la disposition des pièces, des fenêtres et des balcons, l'art de vivre luxueux et serein d'époques antérieures.

Dès que Paolo referma la porte de son appartement, il entraîna Grazia contre le mur du hall d'entrée et plaqua sa bouche contre la sienne. La passion avec laquelle Grazia répondit à ce baiser décupla le désir de Paolo.

Il caressa les cuisses de la jeune femme et sentit sous ses doigts le sillon que la chaise du bar y avait laissé. Il s'y attarda un peu, puis il lui enleva sa jupe. Elle portait un string rouge qu'il ne lui retira pas. Il la caressa à travers la fine dentelle jusqu'à ce qu'un spasme de plaisir fasse cambrer son dos.

« Maintenant, » souffla-t-elle, en ouvrant la ceinture du pantalon de Paolo. Son sexe jaillit, dur et épais, et elle s'agenouilla. Ses lèvres étaient juste à la hauteur de sa verge tendue au maximum.

Elle s'en empara, la caressa, la lécha de haut en bas, avant de la mettre tout entière dans sa bouche. Elle la goûta, lentement, puis goulûment. Sa langue habile arracha à Paolo un gémissement de plaisir.

Grazia accéléra le rythme, et Paolo posa sa main sur son visage pour la ralentir. Elle l'avait amené au bord de la jouissance, mais il voulait sentir encore un peu les lèvres pulpeuses de son amie autour de son membre, il avait envie de sentir sa langue caresser chaque centimètre carré de peau, et même de sentir ses dents faire mine de le mordiller. Au bout d'un moment, il n'y tint plus et se retira.

« Viens dans la chambre, » dit-il dans un souffle. A d'autres moments, il l'avait soulevée et portée sur le lit en un seul mouvement fluide. Il ne pouvait plus le faire depuis son accident, et ça lui manquait, tout comme les positions où il se tenait sur ses genoux au-dessus d'elle. Il ne pouvait que s'allonger sur le dos pour le moment.

Paolo prit un préservatif dans la boîte posée en permanence sur la table de nuit. D'un coup de dents, il déchira l'emballage et enfila le fin étui de latex d'une main exercée. Grazia le chevaucha et poussa un gémissement étouffé. Lorsqu'il lui caressa les seins, Grazia arqua ses hanches et intensifia le mouvement de va-et-vient qu'elle avait commencé.

Il la sentait s'ouvrir pour le recevoir, et se contracter pour le retenir à l'intérieur, tandis qu'elle accélérait son mouvement de va-et-vient. Sa main enveloppa le sein gauche de son amie et pinça en douceur son téton dressé, jouissant du contraste entre le mamelon dur et la peau soyeuse de son sein. Le souffle court, Grazia ahana puis elle gémit à plusieurs reprises. Paolo explosa en elle et elle poussa un gémissement rauque, qui était celui de son plaisir à elle.

Ils restèrent allongés tous deux sans bouger, pendant plusieurs minutes, flanc contre flanc. Petit à petit, leur respiration redevint égale. Grazia lui tapota l'épaule.

« J'ai besoin de prendre une douche, » dit-elle avec un sourire espiègle. Elle se glissa rapidement hors du lit.

Paolo, épuisé, sombra très vite dans le sommeil, pendant que Grazia ramassait ses affaires et partait sur la pointe des pieds. Elle travaillait tôt le lendemain et ne passait jamais la nuit avec Paolo.

Pour lui comme pour elle, cette amitié amoureuse suffisait à combler leurs besoins physiques sans les complications d'une relation.

C'était libérateur.

Chapitre Dix-Neuf

Locaux de Moda Nuova
Quartier Mirafiori
Turin

« Fortunata, j'ai besoin de ton aide, » dit Bérénice en s'approchant de la chef d'atelier. C'était une femme toute en rondeurs, avec des boucles brunes qui lui arrivaient aux épaules et lui encadraient le visage.

Livia, la réceptionniste, avait confié à Bérénice qu'il valait mieux ne pas se fier à l'allure maternelle de Fortunata, et lui avait recommandé d'éviter à tout prix de lui marcher sur les pieds.

La chef d'atelier venait de Naples, et toute remarque qu'elle trouvait désobligeante sur la Campanie, sa région natale, ou sur le sud de l'Italie en général, la faisait monter dans les tours. Et c'était encore pire si c'était une Italienne du nord qui le disait.

Quelques années auparavant, une styliste avait cru bon de plaisanter en disant : « Allez, du nerf, les filles, il faut s'activer, on est à Turin, ici, pas à Naples. »

Fortunata s'était contentée de lui lancer un regard noir sans rien dire, mais lorsque l'heure de son défilé avait sonné, la styliste avait vu, horrifiée, que toutes les manches droites de ses modèles avaient été montées à l'envers.

Fortunata avait saboté sans états d'âme toute la collection pour se venger du mépris qu'elle avait perçu dans la malencontreuse remarque de la styliste.

Du coup, c'était tout juste si Bérénice ne faisait pas une révérence à Fortunata à chaque fois qu'elle s'adressait à elle. Ce n'était pas facile pour quelqu'un d'aussi direct qu'elle, mais l'enjeu était de taille pour elle comme pour la boîte qui l'avait embauchée, alors il fallait bien qu'elle se fasse violence.

Par chance, Fortunata aimait bien l'accent français de Bérénice, et mettait ses impairs sur le compte de sa maîtrise encore imparfaite de l'italien.

Pendant qu'elle expliquait de quelle façon il fallait monter les différentes pièces qu'elle venait de couper, Bérénice se rendit compte que Paolo, debout dans un autre coin de l'atelier, la regardait d'un air ironique.

Dès que Fortunata s'éloigna, les bras chargés de pièces de tissu coupées et faufilées, Bérénice se

dirigea vers lui d'un pas résolu. Avec lui, au moins, elle n'avait pas besoin de prendre de gants.
« Tu as quelque chose à me dire ? »
Il la regarda de haut en bas, et soudain Bérénice fut consciente d'une onde de chaleur qui la traversait.

Arrête ça tout de suite, se morigéna-t-elle sévèrement. *Paolo est marié, tu l'as vu dans la rue avec ses deux enfants, alors n'y pense même pas.*
« Non, je pense juste que tu fais fausse route, avec ta collection, » dit-il sans la moindre émotion dans le ton qu'il employait.

Tant mieux, Bérénice préférait de loin se disputer avec lui que de penser à l'effet que ça lui ferait s'il la prenait dans ses… *Stop !*
« Et c'est toi qui vas m'apprendre la vie, c'est ça ? » dit-elle, avec toute l'agressivité qu'elle put rassembler. Paolo n'eut pas l'air d'être perturbé par la hargne qui émanait de sa réplique.
« Tu es enfermée dans un carcan, et ça te freine, ça t'entrave, ça t'empêche … »

Ah non, je ne vais pas le laisser dire des choses pareilles, pensa-t-elle.
« Tout ça, c'est des conneries, Paolo. Je ne suis enfermée par rien du tout. Les contraintes que je m'impose, je les ai choisies. »
« Mais si tu t'autorisais à inventer, si tu laissais libre cours à ton imagination, tu serais vraiment originale. Là, tout ce que je vois, ce sont de pâles

copies de soi-disant pièces classiques qu'on a déjà vues cent fois, mille fois ! »
Mais quel malotru, celui-là, pensa-t-elle. *Et mal embouché, avec ça. Je vais lui river son clou.*
« Moi, je pense que ce sont des pièces intemporelles, » dit Bérénice en se redressant de toute sa hauteur. Le menton levé, elle était l'image même de la combativité.
« Ces sempiternels classiques ! C'est barbant, insipide, académique, mortel. »
« Tu es un vrai dictionnaire de synonymes ambulant, Paolo. Bravo, mais ça suffit. »

Le styliste pâlit, touché peut-être par le ton sarcastique de la jeune femme. Sa voix devint grave et il parla d'un ton plus calme.
« Le monde change, Bérénice, tu dois changer aussi. »
« Je préfère rester celle que je suis. Et puis j'ai changé, moi aussi. Je vais tenir compte de la mode des tatouages, avec toute une série de T-shirts. »
« Mais s'il n'y avait que ça ! Les tatouages, c'est un retour au passé, aux pratiques tribales. Moi je te parle de l'avenir, de transformations, d'évolution. »
« Moi, je suis persuadée que c'est sur les traditions que tout se construit. »
« Fais comme tu l'entends, » dit Paolo avec une moue dégoûtée. « Mais continue comme ça, et ta première fashion week sera aussi la dernière. »

Il se détourna d'elle et se pencha sur sa table de coupe. Bérénice le regarda encore un instant. Elle était ébranlée par ce que Paolo venait de lui assener. Et s'il disait vrai ?

A son corps défendant, Bérénice se sentit blessée. Mais elle ne voulait pas de ce sentiment de tristesse. Ce qu'elle voulait, c'était sentir de la colère, de la fureur même.

Si seulement elle avait pu.

Fortunata n'avait rien perdu de l'échange acerbe entre les deux stylistes. Elle s'approcha de Bérénice, l'entraîna dans la salle de repos et lui entoura les épaules d'un bras compatissant.
« Ça va aller ? » dit-elle en la serrant contre son ample poitrine.

Les yeux de Bérénice étaient embués. Elle cligna des paupières à plusieurs reprises pour refouler les larmes qui menaçaient de couler.
« Mais pourquoi est-il si méchant ? » dit-elle à mi-voix. « C'est sa femme qui lui marche sur les pieds, alors il se venge sur moi ? »

Fortunata fit une grimace qui tordit un peu ses lèvres.
« Il est en train de divorcer, et il paraît que ça ne se passe pas bien. »
« Des problèmes de garde d'enfants ? »

« Ils n'ont pas eu d'enfants. »
« Attends, tu es sûre ? Je l'ai vu au terrain de jeux avec deux petits garçons. »
« J'en suis certaine. Il n'a ni femme, ni enfants, ni même un animal de compagnie. »

Bérénice quitta l'atelier, étourdie par ce qu'elle venait d'apprendre et encore endolorie par l'agressivité de son collègue. Elle avait besoin de temps pour apaiser ses émotions, et le mieux pour y parvenir, c'était de se remettre au travail.

Mais une fois qu'elle fut devant son ordinateur, elle s'aperçut que l'open space bruissait des conversations téléphoniques et des mille choses que les uns et les autres avaient à se dire.

Pour mieux se concentrer, elle vissa ses écouteurs dans ses oreilles, se connecta à une station de radio qui diffusait de la pop italienne, et commença à dessiner la pièce suivante de sa collection, un trench-coat de gabardine beige.

Les remarques blessantes de Paolo lui revinrent à l'esprit. Évidemment, ce n'était pas la première fois qu'on voyait ce genre de modèle, elle le savait bien, mais elle allait y ajouter sa touche personnelle, et ça changerait tout. Des coutures surpiquées dans une couleur contrastée, peut-être, ou alors un liséré de cuir, elle verrait bien.

Ces enfants qu'elle avait vus avec Paolo au terrain de jeux, ça devait être des petits garçons qu'il gardait ce jour-là. Des neveux, peut-être ? Elle avait remarqué qu'il était très prévenant avec eux, à mille lieues de sa personnalité caustique avec elle.

Un vrai casse-tête, ce collègue. Trop agréable à regarder, mais un sale caractère. Si seulement c'était l'inverse ! Ça lui faciliterait bien la vie.

Plongée dans ses réflexions et dans la chanson de Lucio Dalla diffusée dans ses écouteurs, Bérénice faillit ne pas entendre le *ping* d'un texto. C'était Paolo.
« On fait la paix ? Je t'invite à déjeuner. »

C'était surprenant, après l'échange houleux qu'ils venaient d'avoir. Son premier réflexe fut de refuser, mais elle avait aussi envie d'entendre ce qu'il avait à lui dire. Sans se l'avouer complètement, l'opinion de Paolo sur ses modèles comptait plus qu'elle n'était prête à l'admettre.

Il vaut mieux accepter la main tendue, pensa-t-elle. Elle l'écouterait, et elle ne lui donnerait que des réponses laconiques s'il l'interrogeait. Un déjeuner, ça n'engageait à rien. Et dans un recoin de son esprit, elle avait envie de savoir ce qu'il pensait vraiment d'elle – enfin, de mon travail, bien sûr, se corrigea-t-elle instantanément.

« D'accord. Où et quand ? » dicta-t-elle à Siri. Elle vérifia l'orthographe avant d'appuyer sur la touche envoi.
La réponse arriva sans tarder.
« Treize heures. Trattoria Il piatto di Venere. On se retrouve là-bas. »

Bérénice ajouta un pouce levé au message de Paolo pour lui donner son accord, et se remit à ses dessins.

Elle avait encore une heure devant elle pour réfléchir à ce qu'elle allait dire à cet homme qui lui tapait sur le système et en même temps, provoquait en elle des sensations qu'elle n'avait plus ressenties depuis longtemps.

Et maintenant qu'elle le savait en train de divorcer, un petit coin de son esprit lui disait que la voie était libre pour elle.

Chapitre Vingt

Il Piatto di Venere
Turin

La trattoria était très animée. Les travailleurs du quartier venaient en groupes pour déguster des plats familiaux mijotés à la perfection et servis avec générosité.

Bérénice aimait bien cet endroit où le chef ne servait jamais de minuscules portions comme dans les lieux à la mode, mais composait des assiettes contenant assez de spaghetti ou de risotto pour tenir au corps jusqu'au soir et souvent jusqu'au lendemain matin.

Bérénice et Paolo avaient, d'un commun accord, réservé leur discussion jusqu'à ce que le café leur soit servi. Les petites tasses étaient maintenant vides, et il fallait aborder les sujets qui fâchent. Tous deux prirent la parole en même temps, puis s'interrompirent, embarrassés.

« A toi l'honneur, » dit tout de suite Paolo.
« Merci, Monseigneur, » répliqua Bérénice, « mais je préfère t'écouter d'abord. »
Son ironie n'était rien d'autre qu'un masque qui cachait la gêne qu'elle éprouvait.

Paolo se racla la gorge, puis il se lança.
« Bérénice, je sais que nous avons commencé sur le mauvais pied, toi et moi. Je dois te dire que la direction t'a imposée à moi, alors que je n'étais pas d'accord avec ton recrutement. »
Bérénice choisit de passer outre à la petite flèche qu'il venait de lui décocher.
« Je sais que mon style ne te plaît pas vraiment. »

« Je ne te le fais pas dire, » s'exclama Paolo en écartant les bras. « Est-ce que je peux te poser une question ? » Et sans attendre la réponse de Bérénice, il continua : « Pourquoi es-tu venue en Italie, si tout ce que tu as l'intention de faire, c'est d'imiter ce qui se fait à Paris ? »

Elle le regarda en face. Il avait l'air de se poser sincèrement la question. Ses yeux sombres étaient sérieux, et aucune expression sarcastique ne transparaissait dans le pli de ses lèvres.

Elle ressentit de nouveau la sensation d'effervescence intérieure qui s'emparait d'elle lorsqu'elle se trouvait devant lui. Les fameux papillons dans l'estomac, elle avait toujours cru que c'était une exagération de romance à l'eau de rose, et voilà qu'elle comprenait exactement ce que ça voulait dire.

« Tu le sais bien, Paolo, Moda Nuova m'a offert le poste à condition que j'apporte un peu de l'atmosphère parisienne ici. » Elle réfléchit un moment. « Et moi, je peux te demander pourquoi tu es si opposé à ce que je le fasse ? »

Paolo regarda le fond de sa tasse pour voir s'il lui restait encore un peu de café, mais il avait déjà tout bu. D'un geste, il appela le serveur et lui commanda deux autres cafés.

« Je crois que Moda Nuova fait fausse route en voulant abandonner ce qui fait son identité, » dit-il.

« Ce n'est pas toi qui m'as fait tout un discours, ce matin même, pour me dire qu'il fallait accepter le changement ? » répliqua Bérénice. « Et si tu suivais tes propres conseils ? Parce que moi, je crois que c'est toi qui fais fausse route, en refusant ma contribution au style de Moda Nuova. » Sa voix était devenue tranchante.

Paolo ne répondit rien. Il défit l'emballage des deux sucres posés sur la soucoupe, les plongea dans le peu de liquide noir au fond de sa tasse, et remua le tout.

« Tes caries vont te remercier, avec tout le sucre que tu leur donnes, » dit Bérénice qui, depuis des années, avait pris goût au café noir sans lait ni sucre. C'était l'une de ses rares concessions au culte du régime amincissant qui faisait des ravages tout autour d'elle.

« Je ne refuse pas le plaisir quand il se présente, » dit Paolo. « Pas comme certaines. »
Bérénice s'adossa plus confortablement à sa chaise. « Je ne vois pas de qui tu parles, parce que moi, je n'ai rien contre le plaisir, figure-toi. »

Paolo but son café en une seule lampée. Il avait sûrement trop forcé sur le sucre, parce qu'il prit une longue gorgée d'eau juste après. Puis il haussa les épaules.
« Je veux te faire une proposition. Comme je ne peux pas te mettre à la porte, il faut bien que je te tolère. »
Ça, c'était la remarque de trop.

Bérénice repoussa sa chaise et se leva, comme mue par un ressort.
« Je croyais que tu voulais faire la paix avec moi, » dit-elle, les yeux étincelants de colère. Elle eut envie de lui faire un doigt d'honneur, mais se retint à temps. Enrico Fassio lui avait fait confiance pour la prochaine fashion week. Elle n'allait pas gâcher ça à cause de ce type. Beau, c'est vrai, mais quel mufle.

« OK, OK, » dit Paolo en mettant ses mains en avant, « pardon, je me suis laissé emporter une fois de plus. Laisse-moi t'expliquer ce à quoi je pense. Je veux te proposer un marché pour la prochaine fashion week. »

Bérénice se rassit tandis que sa colère retombait par lents degrés. Elle avait le cœur lourd. Paolo s'avérait plus hostile qu'elle ne le croyait.

Bizarrement, cependant, plus il l'asticotait, plus elle avait envie de continuer à discuter avec lui. Il était têtu comme une mule, c'était sûr. Mais elle allait quand même prêter l'oreille à son offre.

« J'ai étudié ton style, » commença-t-il, et je crois que ce que tu cherches avant tout, c'est de faire des femmes des hommes comme les autres, » dit Paolo.

Voilà qu'il recommençait ses provocations. Insupportable, ce mec.
« J'ai étudié ton style, moi aussi, » répliqua-t-elle, « et je suis sûre que ce que tu cherches avant tout, c'est de créer des poupées Barbie. »
« Pas du tout, je cherche à faire ressortir la féminité, je veux la sublimer. »
« Tu cherches à l'exacerber, et même à la parodier. »
« Continue, » dit Paolo, soudain subjugué, du moins en apparence.
« Mon style, en revanche, celui que tu détestes, est fait pour une femme d'aujourd'hui, féminine bien sûr, mais qui travaille, qui sort de son boulot pour aller prendre un verre avec ses amis, qui fait du

sport et qui voyage. On ne peut pas faire tout ça avec ce que toi, tu dessines. »

Paolo se pencha presque au-dessus de la table. Son visage était si proche du sien que Bérénice pouvait discerner des éclats verts dans ses yeux bruns. Elle y lut de la sincérité et de la ferveur, mais aucune ironie.
« Ce qui me dérange, c'est l'absence totale de fantaisie dans tes modèles, » dit-il. « Pourquoi les vêtements devraient-ils être si austères ? »
« Beaucoup de femmes aiment s'habiller comme ça, crois-moi. »
« A Paris, peut-être, mais ailleurs ? La vie est courte, pourquoi ne pas en profiter pour s'habiller sans se soucier d'être bon chic bon genre ? »

Paolo s'arrêta, prit un gressin dans le panier d'osier et se mit à le casser en petits bâtonnets irréguliers. *Il cherche à se calmer*, se dit Bérénice, *cette conversation lui fait plus d'impact qu'il ne le voudrait. Et il a l'air de croire sincèrement qu'il est dans le vrai.*
Mais que pouvait-il bien avoir en tête ? Elle attendit qu'il se remette à parler.

« Je te propose un pari, » reprit-il enfin. « Je vais créer trois vêtements dans le style austère que tu aimes et toi, tu créeras trois vêtements dans mon style ultra-féminin, comme tu le dis. »

« Tu te fous de moi, là, » dit Bérénice en secouant la tête.
« Pas du tout. »
« Mais tu ne saurais pas faire ce que moi je fais, et l'inverse est vrai aussi. »
Paolo balaya son objection d'un revers de la main.
« Qu'à cela ne tienne. Je te montrerai comment transformer une robe en arme de destruction massive des cœurs, et tu me montreras comment une femme peut séduire sans tout réduire en cendres sur son passage à cause de ses vêtements. »

La métaphore était belle, l'idée aussi.
« Et quel est l'enjeu ? » demanda Bérénice, un sourire amusé aux lèvres.
« Celui de nous deux qui verra ses trois pièces atypiques sélectionnées par le comité aura gagné. »
« Tu ne m'as pas répondu : on gagne quoi ? »
« Bon, je n'ai pas vraiment réfléchi à la question. Tu as une idée, toi ? »
« Oui, j'en ai une. Le perdant s'engage à travailler pour le gagnant pendant six mois. »
« Tu veux dire quoi au juste ? Devenir ton assistant ? Te cirer les bottes ? Aller te chercher le café et les croissants ? »
« Tu n'y es pas. Je veux dire travailler dans le style qui me plaira, à moi. Parce que j'ai bien l'intention de gagner. »
« Tope-là, » dit Paolo. « Mais prépare-toi à travailler sous mes ordres la saison prochaine. »

Il avait l'air réjoui de celui qui est sûr de battre ses adversaires à plates coutures. Il se leva et, d'un geste sans réplique, lui indiqua qu'il se chargeait de l'addition.

« La plus grande erreur qu'on peut faire, c'est de sous-estimer l'ennemi. Je crois que c'est Lao-Tseu qui a dit ça, » dit Bérénice en se levant à son tour.

Mais Paolo était-il son ennemi ? Elle en était de moins en moins sûre.

Chapitre Vingt-et-Un

Cabinet de kinésithérapie
Turin Centre

Le mois de juin avait débuté par une journée nuageuse et humide. Paolo sortit de chez lui à la première heure pour se rendre à son rendez-vous quasi-quotidien avec son kiné. La fraîcheur matinale le fit frissonner et il ferma sa veste.

Il s'appuya sur sa canne pendant le trajet qu'il fit à pied, mais elle était presque superflue. Il se sentait de plus en plus capable de marcher sur de longues distances. Une légère claudication faisait de la résistance, cependant. Il lui faudrait encore quelque temps avant de retrouver une démarche normale.

« Tu as l'air sacrément en forme, toi, » lui dit Massimo lorsqu'il entra. « Installe-toi, on ne fera pas d'exercices aujourd'hui, mais seulement des étirements et des massages. »

Paolo obéit au kiné, et dès que celui-ci commença à lui étirer les muscles, puis à les lui malaxer, son esprit se mit à vagabonder.

La conversation qu'il avait eue la veille avec Bérénice l'avait occupé toute la soirée d'hier et lui trottait encore par la tête ce matin, au réveil.

Cette femme était capable de troubler la concentration d'un homme rien qu'en parlant de la pluie et du beau temps. *Elle est belle*, pensa-t-il, *dans le genre beauté brute de décoffrage*. Son regard bleu sombre, indigo peut-être, l'avait fasciné, tout comme sa silhouette. Si elle acceptait un jour de porter l'un de ses modèles à lui, il ferait ressortir ses courbes voluptueuses.

Et ce solide appétit qu'elle avait, il avait adoré. Elle n'avait eu aucune réticence à manger un baba au rhum bien joufflu après son risotto aux asperges.

Ça le changeait des filles qui travaillaient dans la mode et qui déjeunaient d'une salade - *la sauce à côté, s'il vous plaît* - et d'un yaourt zéro.

Un peu de Chantilly avait tâché les lèvres de Bérénice pendant qu'elle dégustait son dessert, et l'imagination de Paolo avait pris feu. Il s'était vu léchant la petite goutte de crème sur sa lèvre.

Un terrain dangereux, ça. Il valait mieux passer à autre chose.

Elle était têtue comme une mule, et c'était inattendu chez une fille aussi jeune, une débutante, somme toute. Bérénice allait lui donner du fil à retordre, ça ne faisait pas de doute, mais loin de le déranger, la perspective d'une confrontation le galvanisait, le revivifiait même.

Elle avait du répondant, et ça aussi, ça le changeait des filles tétanisées par son statut d'héritier de riche famille patricienne, qui buvaient ses paroles et acquiesçaient à tout ce qu'il affirmait.

Bérénice s'était opposée à lui frontalement, sans peur ni colère. Cette fille avait des ressources.

Paolo pensa soudain à son père. Celui-ci avait voulu qu'Emanuele et lui-même aillent en colonie de vacances dans le Connecticut, aux Etats-Unis – dans des *summer camps* – pour améliorer leur anglais.

Ils en profitaient pour faire des escapades dans le petit patelin tout proche de la colo, qui portait le doux nom de Pomperaugh.

Une fois, un camarade les avait entraînés tous deux dans un bar à la décoration poussiéreuse, et ils avaient joué au flipper et aux machines à sous tout un après-midi, au milieu des buveurs de bière dont la panse débordait du jean.

A l'époque, Paolo n'avait pas compris ce qui était inscrit sur l'écran des flippers, mais maintenant ça faisait tilt, littéralement. *It's more fun to compete* – c'est plus sympa de se lancer des défis, avec des amis, bien sûr, c'était sous-entendu.

Bérénice n'était pas une amie, mais ce serait une sacrée concurrente. L'idée d'intervertir leurs styles, c'était ce qu'il avait trouvé de mieux pour que leur collaboration ne se passe pas trop mal. Leurs accrochages perpétuels risquaient de mettre en danger les collections. La survie de Moda Nuova était en jeu, ça valait bien un pari avec elle.

Et il avait l'intention de gagner. L'idée de lui montrer ses techniques à lui, de l'aider peut-être à évoluer, un peu comme s'il jouait les Pygmalion avec elle, ça lui plaisait bien aussi.

En revanche, se soumettre à son enseignement à elle, ce serait beaucoup moins drôle. Il s'y plierait, bien sûr, il s'y était engagé, mais ça l'étonnerait beaucoup qu'il prenne goût au style dépouillé qu'elle affectionnait tant.

« Et voilà, c'est fini, » dit Massimo en appliquant de légères pichenettes sur son genou, comme il le faisait à chaque fois pour indiquer qu'il avait terminé. « Encore une ou deux séances, et tu seras comme neuf. »

Paolo posa les pieds à terre avec précaution et tout en se rhabillant, il testa sa jambe. Il eut l'impression de marcher sur des coussins d'air. Bientôt, il n'aurait plus besoin de sa canne.

De retour à Moda Nuova, Paolo se rendit directement à son ordinateur et s'attela aux modèles qu'il voulait réaliser. Des robes aux lignes sinueuses, des découpes en biais qui réussiraient à rendre sublime n'importe quelle femme, et des matières douces comme une seconde peau, c'était l'idée générale.

Ce qu'il recherchait, c'étaient des vêtements qui sculpteraient le corps de chaque femme qui les porteraient. Du jersey et du stretch alliés à du cuir ultra souple, de façon à draper le corps sans le dissimuler. Des découpes artistement placées pour révéler sans dénuder.

Ainsi, les robes auraient l'air façonnées directement sur le corps de celles qui les porteraient, mais elles garderaient toujours de la souplesse, un petit quelque chose d'aérien qui faisait toute la différence.

Il avait déjà réussi l'exploit, à la saison précédente, de créer des plissés qui flattaient la silhouette au lieu de l'engoncer, mais il voulait faire du nouveau, cette fois-ci.

En fin de compte, le match avec Bérénice le stimulait, lui redonnait l'ardeur des commencements.

Il se mit à préparer les trois modèles qu'il ferait selon l'esprit de la collection de Bérénice. De belles matières, d'abord. Il choisit le cachemire pour un manteau de demi-saison. Il ferait aussi une robe du soir en soie et un pantalon en lainage léger. Il ajouterait un chemisier pour faire une tenue complète.

Et il prendrait les mensurations de Bérénice, pour que tout soit à sa taille. Il la surprendrait en lui offrant ces vêtements à l'issue des quatre fashion weeks.

Pendant que ses mains dessinaient, traçaient, ombraient, reprenaient une ligne ici, un trait là, il sentit une chaleur se répandre dans son corps. Le simple fait de penser à prendre les mensurations de Bérénice avec son mètre souple le troublait, et le troublait de façon très physique.

Pour être complètement honnête avec lui-même, il devait reconnaître que ses yeux bleus avaient été sur le point de le désarçonner à plusieurs reprises, pendant leur conversation à la trattoria. Il avait dû réajuster sa position dans sa chaise plus d'une fois pour dissimuler son état d'excitation flagrant.

Seul devant son ordinateur, Paolo se secoua. *Ça suffit, maintenant*, se morigéna-t-il. Après tout ce qu'il avait souffert entre les mains de son ex-femme, il s'était juré qu'il ne se laisserait plus prendre à ces petits jeux-là.

Cette fièvre pour une femme lui avait déjà embrumé l'esprit et les sens une fois de trop. Il pouvait refuser d'y céder. Il en était parfaitement capable. Grazia suffirait à ses besoins, s'il le décidait.

Il enregistra un premier dessin, puis ouvrit un nouveau fichier pour continuer ses esquisses.
Je suis assez fort pour transformer toutes ces turbulences en une simple camaraderie de travail, se dit-il.

C'était la seule solution, et il allait s'entraîner tous les jours à ne voir en Bérénice qu'une collègue. Il allait la considérer comme il considérait Enrico Fassio ou bien Fortunata, par exemple.

En un rien de temps, il pourrait regarder Bérénice dans les yeux sans rien éprouver de particulier. Il en était sûr et certain.

D'ailleurs, il allait lui prendre ses mesures le jour même.

Chapitre Vingt-Deux

Paolo s'approcha du bureau en open space où Bérénice était en train d'ombrer l'un de ses dessins. Accaparée par son travail, elle sursauta et rosit légèrement lorsqu'elle s'aperçut de sa présence.

« On peut se voir en fin d'après-midi, si tu es libre? » lui dit-il.
« Qu'est-ce que tu as en tête, au juste ? »
Bérénice espérait qu'il n'allait pas lui proposer un verre ou un dîner. Elle avait ressenti des émotions suspectes lors de leur déjeuner de travail, et elle préférait ne pas s'exposer à davantage de tentations. Surtout maintenant que leur pari avait commencé.

« Pas d'inquiétude, » dit Paolo, montrant ainsi qu'il avait perçu les doutes que Bérénice n'exprimait pas.
« Je voudrais te montrer les modèles que j'ai fait en m'inspirant de ton style. »
« Déjà ? »
« On a du pain sur la planche, alors plus vite on s'y mettra, mieux ce sera. »
« C'est que moi, j'en suis encore au tout début. »
« Aucune importance, on n'est pas obligés d'avancer au même rythme. Rendez-vous dans l'atelier à dix-neuf heures, d'accord ? »

Bérénice acquiesça et passa aussitôt en revue dans son esprit ce que cette heure et ce lieu signifiaient. Toutes les couturières seraient parties à dix-neuf heures ; ce n'était qu'au moment de la préparation des défilés qu'elles travaillaient jusqu'à vingt-deux heures, et même bien plus tard, si nécessaire.

Elle allait se retrouver seule avec Paolo, sans aucun témoin. *Attention, danger,* lui dit une petite voix intérieure, *tu es en train de t'engager dans un champ de mines*. Et le pire, c'est qu'elle s'y était mise elle-même, en donnant son accord à l'idée de travail en commun que Paolo lui avait proposé.

Mais c'étaient surtout ses propres réactions qu'elle craignait. Car elle avait pensé à Paolo un peu trop souvent. Et quand il était venu lui parler, tout à l'heure, elle l'avait presque caressé des yeux. Les images qui se bousculaient dans sa tête lorsqu'elle l'imaginait en dehors du cadre du boulot, c'était plutôt du genre chaud, chaud, chaud.

Ses bonnes résolutions qui consistaient à ne le considérer que comme un collègue, un point, c'est tout – ça ne tenait pas devant la réalité physique de cet homme. Elle avait carrément eu la gorge sèche quand il lui avait souri.

Elle prit son téléphone et appela Margaux. Avec ses histoires d'amour à répétition, sa meilleure amie serait la mieux à même de la conseiller. Elle mit en route un appel vidéo.

Margaux décrocha dès la première sonnerie. Elle était en train de travailler à sa thèse, dit-elle, mais non, Bérénice ne la dérangeait pas. En fait, elle s'ennuyait un peu et toute distraction était la bienvenue. Il fallait juste qu'elle baisse le volume de la musique de samba brésilienne qu'elle utilisait comme fond sonore.
« Ça se passe comment, avec Thomas ? » demanda Bérénice.
« Dis-moi plutôt ce qui ne va pas chez toi, » répondit Margaux. Avec son flair habituel, elle avait deviné que son amie ne l'appelait pas pour prendre de ses nouvelles.

Bérénice lui raconta tout, depuis la place de parking volée jusqu'au pacte que Paolo lui avait proposé, en passant par l'attirance qu'elle ressentait.
« À ton avis, c'est quoi la meilleure manière de tenir Paolo à distance ? » conclut-elle.
« Je ne comprends pas, pourquoi tu veux le tenir à distance ? » dit Margaux.
« Disons que c'est un type insupportable, imbu de lui-même, avec une belle gueule. »
« Il te plaît, ce Paolo ? »
« On est collègues, alors il vaut mieux que je cesse de fantasmer sur lui, tu ne crois pas ? »

« Il te plaît, ce Paolo, » répéta Margaux, mais cette fois il n'y avait plus d'intonation interrogative dans sa voix.
« Je n'ai aucune envie de me fourrer dans une histoire d'amour maintenant, alors que je commence juste dans la boîte. Tu te souviens de Christophe et de Kenneth, ensuite ? Je ne tiens pas du tout à souffrir comme ça une fois de plus. »

« Corrige-moi si je me trompe, » dit Margaux d'une voix songeuse, comme si elle décortiquait un passage compliqué de Proust, « mais c'est bien toi qui as accepté sa proposition de travailler ensemble ? »

Bérénice fut contrainte d'acquiescer. Tout d'un coup elle se rendit compte de ce que cette idée pouvait signifier dans l'esprit de Paolo.
« C'est juste pour qu'on travaille en harmonie, » se défendit-elle faiblement.
« C'est ça, continue à te raconter de belles histoires, » dit Margaux avec un rire espiègle.
Bérénice fit une moue indécise.
« Tu ne m'as toujours pas dit ce que tu ferais à ma place. »
« Tu me connais, je ne recule jamais devant une belle histoire d'amour… même si ça commence comme une simple histoire de cul. »

oOo

Paolo était déjà penché sur la table de travail centrale lorsque Bérénice fit son entrée dans l'atelier à dix-neuf heures. Il travaillait sur un mannequin de mousse avec des pièces de tissu à patron qui lui serviraient pour le moulage du modèle. Il mesurait et traçait des traits à l'aide d'un petit carré de craie grise.

Très absorbé, il ne s'aperçut pas tout de suite de l'entrée de Bérénice, mais il lui sourit dès qu'il la vit.
« Je commence par une robe du soir, » lui dit-il, « j'ai en tête une soie rouge avec des broderies ton sur ton, une coupe près du corps et un décolleté plongeant devant et derrière. »
« Tout ça m'a l'air très flamboyant, » dit Bérénice, « je croyais que tu allais travailler dans mon style ? »
« Bien sûr, mais en l'interprétant à ma façon. »
« Tu permets que je fasse un croquis ? »

Elle prit un crayon et une feuille de papier A4 et se mit à dessiner une silhouette de sylphide en robe du soir.

Au lieu du double décolleté plongeant qui dénudait à moitié le buste et entièrement le dos, elle dessina des bretelles croisées devant et derrière, qui laissaient apparaître quelques triangles de peau nue. Serrée à la taille, la robe ondoyait ensuite en plis souples jusqu'aux chevilles.

« Pas mal, je le reconnais, » dit Paolo. « Et je suppose que tu ferais ça en noir ou en blanc ? »
« Tu supposes juste. »
« D'accord pour les bretelles en diagonale, mais je garde la soie rouge et les broderies, » dit-il en lui indiquant une splendide pièce de tissu posée sur le plan de travail. « Allez viens, je vais prendre tes mesures. »
« Pourquoi faire ? » dit-elle en croisant les bras, comme pour se protéger d'un assaut.
« Pour que tu puisses essayer la robe… et parce que tu ne me feras pas gaspiller trop de tissu, avec ton mètre cinquante-cinq au garrot, » dit-il avec un sourire malicieux.
« Je fais un mètre soixante-et-un, je te ferai dire, et si ça se trouve je n'ai pas encore fini de grandir. »
« Rassure-moi, tu es majeure, quand même, non ? »

Bérénice leva les yeux au ciel pour exprimer son dégoût devant ces plaisanteries sur sa taille et son aspect juvénile. Après tout, elle était dans la moyenne nationale française, et elle n'allait pas se plaindre de faire plus jeune que son âge.

« Je t'ai vexée ? » demanda Paolo, faussement inquiet.
« Laisse tomber, tout va bien. Mais tes blagues lourdingues, tu peux te les garder pour toi. »
« Idéalement, il faudrait que tu te mettes en sous-vêtements, pour que les mesures soient précises. »

« Pas de chance, je n'ai pas mis ma lingerie en dentelle aujourd'hui. Il va falloir que tu te débrouilles avec mon jean. »

Elle se plaça à cinquante centimètres du plan de travail, debout, les jambes écartées d'une vingtaine de centimètres. Paolo prit un mètre souple en plastique vert pâle et se mit devant elle.

Il posa d'abord l'extrémité du mètre à la naissance de la poitrine de Bérénice, plus ou moins à la hauteur de l'aisselle. Il passa ensuite le bras derrière son dos, puis il ramena le fin bandeau vert de l'autre côté et le fit courir sur les pointes de ses seins.

Bérénice frémit. Brusquement, l'atmosphère de l'atelier lui parut tropicale. Paolo dégageait une senteur boisée mêlée d'un léger relent de sueur. Sur-le-champ, son odeur infiniment virile fit penser Bérénice à leurs deux peaux l'une contre l'autre.

Elle eut tout d'un coup l'esprit vide, tandis que sa poitrine lui parut pleine de légers flocons de neige en train de se liquéfier à la vitesse grand V. A côté de cette sensation, les petites piques qu'ils s'étaient échangés tout à l'heure étaient dérisoires.

« Tour de poitrine 95 cm, » annonça-t-il. « Tu prends note ? »

Elle prit une profonde inspiration et exhala silencieusement pour se reprendre. Au prix d'un gros effort de volonté, elle inscrivit les chiffres au fur et à mesure sur la feuille de papier où elle avait fait le croquis.

Paolo mit une main légère sur sa taille. « Tourne-toi, » dit-il d'une voix sourde. Plus aucune trace de taquinerie et encore moins de sarcasme dans ses paroles. Et sa voix l'impactait toujours directement en plein dans l'estomac, et plus bas aussi.

Le pouce de Paolo effleura le flanc de Bérénice et maintint le mètre en place. Il l'entoura de ses bras pour ramener de l'autre côté le fin ruban de plastique. Le cœur de Bérénice fit une embardée et se mit à battre si fort qu'elle se demanda si Paolo pouvait l'entendre.

Chacun des points qu'il avait touchés devenait un lieu incandescent, qui cherchait à tout prix à être caressé ou au moins serré plus fort.

« Tour de taille 75 cm, » déclara-t-il d'une voix légèrement altérée. Se pouvait-il que lui aussi ressente la même chose qu'elle ? Était-ce seulement possible, après toutes les choses désagréables qu'ils s'étaient dites ?

Paolo s'agenouilla devant elle en s'aidant de sa canne, posa une extrémité du mètre sur la fesse droite de Bérénice, puis il encercla ses hanches de ses bras jusqu'à ce que le mètre ruban en fasse tout le tour.

Le visage de Paolo était tout proche de la taille de Bérénice. Sa température interne monta brusquement, tandis qu'elle sentait une pulsation rythmique au centre de son corps. Une vive rougeur colora ses joues.

« Tour de bassin 95 cm, » dit Paolo. Sa voix était devenue rauque, il n'y avait aucun doute là-dessus maintenant. Il ressentait le même trouble qu'elle.

Il se releva, posa sa canne contre le plan de travail, mais il ne s'écarta pas et resta tout contre elle. Comme dans un rêve, avec des gestes lents, il attrapa une boucle de cheveux qui s'était échappée du chignon de Bérénice et la lui ramena derrière l'oreille. Puis de son pouce, il lui caressa les lèvres en un geste indolent, méditatif presque.

Bérénice retint son souffle. Ses lèvres entrouvertes n'étaient plus séparées de celles de Paolo que par l'épaisseur d'un papier à cigarettes.

Il frôla sa bouche en un bref baiser. Le contact n'avait duré qu'une milliseconde, mais Bérénice sentit une sorte de déflagration. Cette fois, c'était un feu d'artifice de désirs qui explosa et s'imposa à elle, balayant tout sur son passage.

Elle s'approcha encore plus de Paolo, se hissa sur les pointes des pieds, et posa ses lèvres sur les siennes. A son tour, il l'embrassa longuement, entremêlant sa langue à celle de Bérénice. Puis il posa les mains de chaque côté de son visage et lui effleura le cou et l'oreille de baisers légers, avant de redescendre vers sa gorge.

Bérénice sentit ses seins se dresser à la rencontre de Paolo. Il introduisit sa main dans l'espace entre les boutons de son chemisier. Elle entendit distinctement deux boutons en nacre rouler sur le plancher, arrachés par la main de Paolo.

Elle rejeta la tête vers l'arrière lorsqu'il saisit son sein droit dans sa paume et en enserra doucement la pointe entre deux doigts. Une vague de plaisir se propagea en elle et envahit son corps tout entier. Elle frissonna et se pressa contre lui, habitée par le désir urgent de ne faire qu'un avec lui.

La porte de l'atelier s'ouvrit à la volée, les faisant sursauter tous les deux. Paolo et Bérénice se détachèrent l'un de l'autre comme si un aiguillon les avait piqués.

Fortunata entra en trombe, mais elle ne fit pas la moindre remarque sur le baiser qu'elle venait d'interrompre.
« *Porca miseria*, je ne trouve plus mon téléphone, » dit-elle en se précipitant vers son poste de travail.

« J'espère que je l'ai juste oublié en partant tout à l'heure. »

Elle farfouilla dans le tiroir du dessus. Ils entendirent le léger tintement d'objets qui s'y entrechoquaient.

« *Evviva,* le voilà, » dit-elle à la cantonade. « C'est que sans mon *telefonino*, c'est la panique à bord, » ajouta-t-elle en se dirigeant vers la porte avec une agilité surprenante pour une femme de sa corpulence.

Elle s'en alla avec un sonore « Bonne soirée, » qui sembla lourd de sous-entendus à Bérénice.

Ils se regardèrent, gênés tous les deux.
« Je suis désolé, » dit Paolo, « je ne me suis pas conduit de façon très professionnelle. »
« Si ça se trouve, Fortunata ne nous a pas vus, » dit Bérénice. Elle cherchait à se rassurer, mais elle savait qu'elle se raccrochait à un fétu de paille.

Paolo lui répondit en regardant ailleurs. Ses lèvres s'étaient transformées en une mince ligne maussade.
« Il aurait fallu qu'elle soit aveugle pour ne pas nous voir. »
« Je suppose que maintenant tout le monde va être au courant, » dit Bérénice.

« Les commérages vont aller bon train, on a intérêt à préparer des démentis. »
Bérénice plissa les lèvres à son tour en une moue boudeuse.
« Des démentis ? Mais pourquoi ? Nous n'avons rien fait de mal. »

La distance soudaine que Paolo mettait entre eux la désarçonnait. *Dire qu'il y a à peine cinq minutes, on était si proches l'un de l'autre*, songea-t-elle. Quel changement de ton. Comme à son habitude, elle décida d'attaquer de front.

« Qu'est-ce qui se passe, Paolo ? Est-ce que tu regrettes de m'avoir embrassée ? Si c'est ça, tu peux me le dire. »

Paolo se frotta la lèvre inférieure de l'index avant de se décider à répondre.
« Ce n'est pas ce que tu crois. Tu m'attires comme un aimant au contraire. »
« Alors qu'y a-t-il ? »

Paolo resta coi un instant, puis il passa sa main sur son front comme pour en chasser les toiles d'araignées.
« Au fond, il ne s'est rien passé, » dit-il, sans la regarder en face.

Était-ce un regret ou un simple constat ? se demanda Bérénice. Ça la piquait beaucoup, qu'il fasse comme si leur baiser n'avait aucune importance, alors qu'elle, au contraire, y avait participé sans réserve et en avait été bouleversée.

Et après tout, décida-t-elle en un fulgurant éclair plein de dépit, il a raison. On veut seulement travailler ensemble tous les deux, rien de plus.

C'était juste un moment d'égarement.

Pas de quoi fouetter un chat.

Pas de quoi faire un drame.

Rien de spécial, vraiment.

Chapitre Vingt-Trois

Résidence de Paolo
Quartier Crocetta
Turin

Qu'est-ce que je peux être con, se dit Paolo dès qu'il ouvrit les yeux. Sa nuit avait été agitée, entrecoupée de rêves confus.

La veille, dans l'atelier, il avait perdu la tête, avec Bérénice si proche de lui. La force d'attraction de cette jeune femme était irrésistible. Si Fortunata n'avait pas déboulé, ils auraient sûrement fait l'amour.

Enfin, il aurait essayé, parce qu'au fond, il ne savait pas comment Bérénice aurait réagi. Quoique. La façon dont elle avait répondu à son baiser, en mêlant sa langue à la sienne, montrait qu'elle le désirait autant que lui la désirait.

Et lui, comme un imbécile, il s'était montré froid et cassant avec elle. Il avait fait comme si leur baiser n'avait aucune importance. Il avait joué la comédie de l'indifférence, et il avait bien vu qu'il l'avait blessée.

Qu'est-ce que je peux être con, pensa-t-il encore, alors qu'il attendait que le café remonte dans la petite cafetière Bialetti, à la cuisine. Il frappa la table de cuisson du plat de la main, si fort que la tasse qu'il avait préparée trembla dans sa soucoupe.

Était-ce un bien ou était-ce un mal d'avoir été interrompus ? Il était incapable de le dire. En tous cas, le souvenir de leur étreinte trop vite terminée l'avait longtemps maintenu réveillé, comme une minuscule écharde qui se rappelait à son souvenir à chaque fois qu'il bougeait.

Cette jeune femme le troublait profondément. Elle n'avait rien à voir avec celles qu'il évitait comme la peste, celles qui couraient après un mari fortuné. Avec celles-là, il avait le dessus tellement facilement qu'il ne ressentait aucun plaisir lorsqu'elles lui offraient ce qu'elles avaient à lui offrir – leur corps, et guère plus.

Bérénice était tout autre. Elle prenait très au sérieux sa carrière, et ses idées étaient brillantes et fraîches. Il adorait sa combativité, sa façon de ne pas se laisser faire quand il essayait de faire jouer son autorité de styliste en chef.

Elle lui imposait de la traiter sur un pied d'égalité, et c'était la première femme à lui dicter sa loi sur ce point.

Elle était énervante, aussi, quand elle s'opposait à lui, il n'allait pas se mentir. Et il aimait bien la faire réagir avec des remarques caustiques. Quand il faisait exprès de croiser le fer avec elle, elle lui répondait du tac au tac, même si elle était en colère.

Qu'est-ce qu'elle était belle lorsque ses yeux lançaient des éclairs.

Qu'est-ce qu'elle était belle en toutes circonstances, d'ailleurs. Il avait même du mal à penser à son visage auréolé de cheveux dorés, à ses seins parfaits et à sa taille si fine qu'il pouvait l'entourer de ses deux mains, sans être ému de façon aussi physique que visible.

Il n'avait nulle envie d'une coucherie d'un soir avec elle, ce serait un gâchis phénoménal.

Alors pourquoi avait-il fait semblant de ne donner aucune importance à ce baiser ? Alors qu'il avait bien vu qu'elle était aussi remuée que lui. Le souvenir de la douceur de son sein le bouleversa de nouveau.

Je crois que j'ai eu peur, c'est tout, dit-il à mi-voix pour lui-même.

La violence du désir qu'il avait ressenti pour Bérénice l'avait effaré et effrayé surtout parce qu'il s'accompagnait de sentiments intenses.

Il s'était disputé avec elle, il l'avait taquinée et même attaquée, et dans l'atelier, il s'était aperçu qu'il la voulait en totalité, corps et âme.

Comment une telle passion avait-elle pu se développer à son insu ? Ça l'avait terrifié. Lui qui croyait qu'il avait fait tout ce qu'il fallait pour se maintenir à l'écart des tumultes du cœur.

Rappelle-toi ta règle de conduite, s'était-il dit après que Fortunata eut déboulé dans l'atelier. *Le sexe, d'accord, l'amour, tu l'évites comme la peste.*

Son divorce avec Maria Cristina suivait son cours tortueux ; elle ne cessait d'exiger toujours plus, que ce soit de l'argent ou pour tout ce qui concernait le partage des biens. A croire qu'elle voulait maintenir la relation entre eux à tout prix.

Et lui, il était atterré par la transformation de l'amour en haine.

Plus question de prendre le risque de recommencer.

Il allait se retirer dans sa bulle protectrice, décida-t-il, et rappeler Grazia. Avec elle, le sexe était fluide, toujours satisfaisant, et ne comportait ni liens ni obligations. Et elle ne lui parlait jamais d'amour, ni d'avenir, ni de couple.

La femme de ses rêves, c'était Grazia ou une autre du même type. Une relation épisodique, agréable et sans risques, mais aussi sans le moindre atome de passion. Une amitié avec des avantages en nature, comme le disaient les Américains.

Son café était prêt, et il le but debout, mais dès qu'il reposa sa tasse, il jura et donna encore un coup de poing dans la cloison, devant lui.

Bérénice continuait à s'imposer à ses pensées. Le souvenir de sa bouche contre la sienne dans l'atelier ne le quittait pas, et le soupir avec lequel elle avait accueilli ses caresses était le son le plus sexy qu'il lui ait été donné d'entendre.

Il n'était pas de taille à lutter contre cette invasion de son esprit et de son cœur.

Il faut que j'arrange les choses avec elle, se dit-il. *Je ne sais pas encore comment, mais je le ferai.*

Mais elle, le voudrait-elle ?

Rien n'était moins sûr, il en était bien conscient.

Chapitre Vingt-Quatre

Résidence d'Ottavia Morelli
Quartier San Donato

Ottavia travaillait sans relâche pour dresser le buffet de victuailles et de boissons prévu pour ses invités, qui seraient là dans moins de deux heures.

La soirée était douce, et elle avait ouvert toutes les fenêtres qui donnaient sur la rue et les portes-fenêtres qui donnaient sur le jardin. Une légère brise portait dans les pièces des senteurs d'herbe coupée.

La fête de ce soir, elle l'organisait en l'honneur de Bérénice. En un rien de temps, cette jeune femme volontaire était devenue un élément essentiel de sa maisonnée.

Ottavia appréciait sa compagnie, sa gaieté et son énergie et, pour lui rendre un peu de tout ce qu'elle lui apportait, elle voulait lui faire connaître ses amis.

Sans rien lui dire, elle avait invité Vittorio, le fils de son ami Regina, récemment redevenu célibataire. *Ce serait génial s'il plaisait à Bérénice,* pensa-t-elle.

Dans son for intérieur, elle espérait que Vittorio ferait à Bérénice une cour éclair qui viendrait à bout de toutes les résistances de la jeune Française. Si elle se mettait en couple avec le fils de son amie, Bérénice s'installerait sûrement à Turin. Et pour Ottavia, ce serait génial de l'avoir auprès d'elle.

Évidemment, ce ne serait pas comme d'avoir sa fille à ses côtés, pensa-t-elle tout de suite, un peu honteuse. Mais ce serait une immense joie si cette jeune femme devenue son amie restait en Italie.

Elle repensa à la prédiction que Régina lui avait faite. L'amour était proche, d'après les figures tracées par le marc de café. Ottavia souffla, agacée de céder à de telles croyances. Des superstitions, plutôt.

Il n'y avait guère de chances qu'elle retrouve l'amour à soixante-trois ans passés. *Je ferais mieux d'oublier ces fadaises*, pensa-t-elle en empilant des verres à pied en une précaire pyramide.

Elle recula pour regarder son œuvre d'un œil critique. *Je crois que tout y est*, se dit-elle. *Je me demande qui seront les invités-surprise qui viendront à ma soirée.*

Elle avait proposé à Bérénice d'inviter qui elle voulait, et celle-ci avait parlé de deux personnes, mais n'avait pas voulu révéler qui elles étaient.

Peut-être ses parents venus lui rendre visite, ou alors des collègues à elle, pensa Ottavia. Elle n'est pas à Turin depuis assez longtemps pour connaître des gens en dehors de son lieu de travail.

Et c'était bien le but de cette soirée, justement, de lui faire connaître son groupe d'amis, et avec un peu de chance, de lui faire rencontrer un jeune homme qui pourrait lui plaire.

Ottavia monta au premier étage pour se préparer. Quand elle redescendit, elle était vêtue d'une robe d'un vert très doux, qui s'élargissait légèrement à partir de la taille et virevoltait en faisant un bruit d'ailes de colombes à chaque fois qu'elle bougeait.

Elle s'était poudrée de rose pâle, et avait souligné son regard gris-vert d'une légère ombre à paupières qui se confondait presque avec sa peau.

« Tu es magnifique, » lui dit Bérénice lorsqu'elle la vit descendre l'escalier qui reliait l'étage au hall d'entrée.
« Et toi, tu es resplendissante, » dit Ottavia, en regardant d'un air approbateur la robe d'apparence toute simple, qui rehaussait les seins magnifiques de la jeune femme par un jeu subtil de bretelles

croisées et enveloppait ses hanches harmonieuses d'une étoffe noire et brillante.

Comme à son habitude, Bérénice ne s'était pas maquillée du tout. Sa bouche pulpeuse n'en ressortait pas moins dans son visage aux traits fins. Ses boucles blondes cascadaient sur ses épaules dénudées et descendaient en un harmonieux désordre jusqu'au milieu de son dos.

Les premiers invités arrivaient déjà, les bras chargés de bouteilles de vin, de pralinés dans leur écrin de carton doré, ou du dernier roman policier de Gianrico Carofiglio, qu'Ottavia adorait.

Vittorio disparaissait presque derrière l'immense bouquet qu'il avait apporté. Il suivit Ottavia à la cuisine pour l'aider à mettre les fleurs dans un vase.

« Tu as une jolie Française chez toi, à ce qu'il paraît, » dit-il à Ottavia pendant qu'ils sortaient les fleurs de leur emballage.
« Tu as dévalisé le fleuriste, j'ai l'impression, on va avoir besoin de deux vases au moins. »
« Je croyais que ça te ferait plaisir. »
La longue tige d'un lys dans sa main, Ottavia lui adressa un regard de biais.
« Tu as surtout envie que je te présente à Bérénice,» dit-elle, et d'un coup sec, elle raccourcit la tige de deux centimètres avant de la planter dans le vase.

Vittorio baissa la tête, de façon à ce que sa mèche de cheveux blonds cendrés cache son sourire.
« Tu me connais trop bien, tante Ottavia. »

Il n'y avait aucun lien familial entre eux, mais Vittorio, depuis qu'il était tout petit, appelait ainsi l'amie de sa mère.
« Je vais te la présenter, mais je te le dis tout de suite, si jamais tu lui fais du mal, je te zigouillerai de mes propres mains, compris ? »
Elle ponctua ses mots d'un geste explicite de la main.

Vittorio leva les bras en signe d'incompréhension.
« Et depuis quand je fais du mal aux filles, moi ? Au contraire… » Il ne finit pas sa phrase et, chacun d'eux avec un vase fleuri entre les mains, ils se dirigèrent vers le salon plein de monde.

Dès que Bérénice vit Ottavia, elle lui fit signe de s'approcher.
« Je te présente Giorgio, » dit-elle en indiquant l'homme aux cheveux blancs à ses côtés. Ses grosses lunettes cerclées d'écaille le vieillissent, se dit Ottavia, mais ça lui donne un certain charme.

« Vous êtes le père de cette charmante jeune femme ? » dit Ottavia, certaine que c'était l'un des invités-surprise de Bérénice. Mais pourquoi l'appelait-elle par son prénom ? Faisait-il partie de ces hommes qui avaient si peur de montrer leur âge qu'ils demandaient à leurs enfants de ne pas les appeler Papa ?

Ottavia commençait déjà à le trouver antipathique. Dommage, avec ses pommettes hautes et son nez fin, il était plutôt beau.
« Mais non, voyons, » dit Bérénice en souriant, «nous avons fait ensemble le voyage de Paris à Turin. Cinq heures vingt-neuf ensemble, ça crée des liens. »

Ottavia poussa un discret soupir de soulagement. Décidément, Bérénice s'avérait pleine de surprises. Et qu'est-ce qui lui avait pris de croire que Giorgio pouvait être son père, avec un prénom comme celui-là. Pfff, quelle idée.

Vittorio fondit sur Bérénice, deux coupes de prosecco à la main. Elle en accepta une, et savoura les bulles légères pendant qu'elle répondait aux questions que le jeune homme lui posait à jet continu.

C'était arrivé à chaque fois qu'elle rencontrait quelqu'un de nouveau. Tu viens d'où ? Tu as quel âge ? Tu fais quoi à Turin ? Tu vas rester combien de temps ? Tu as un copain ? C'était généralement ce que ses interlocuteurs voulaient savoir.

Au début elle trouvait ça intrusif – après tout, pourquoi devrait-elle déballer toute sa vie à chaque fois ? – mais elle avait fini par s'habituer et même par trouver sympathique cette mini-enquête à laquelle on la soumettait. C'était une façon somme toute pragmatique de briser la glace. Évidemment, elle avait mis au point une version light de sa vie pour éviter de trop s'exposer.

Avec ses yeux verts et ses cheveux blonds portés longs, Vittorio avait un charme certain. Il parlait avec passion de son métier de restaurateur de meubles anciens.
« Dès que je reçois un meuble, je cherche des outils d'époque pour le réparer. »
« Qu'est-ce que ça change ? » dit Bérénice, intriguée.
« Si j'utilise des lames d'aujourd'hui sur une armoire du dix-septième siècle, je risque de tout casser. Les colles aussi étaient complètement différentes. »
« Une bonne partie de ton métier, c'est l'histoire des techniques, alors ? »
« Et l'histoire de l'art. Si tu veux, je t'emmènerai au Musée des Arts Décoratifs. On y trouve des pièces uniques, de toute beauté. »

Sans dire ni oui ni non, elle pencha la tête vers Vittorio et l'écouta encore parler de commodes et de chiffonniers d'une oreille, pendant qu'elle scannait la pièce à la recherche de Paolo.

Elle avait beaucoup réfléchi, avant de l'inviter. Ni elle, ni lui ne mentionnaient jamais ce qui s'était passé entre eux dans l'atelier. A croire que ça n'avait été qu'une illusion ou un fantasme.

Pourtant, à chaque fois qu'elle le regardait, son visage aux traits réguliers la captivait et il fallait qu'elle se fasse violence pour s'en détacher. C'était un peu comme un sortilège, mais les sortilèges comportent toujours une part d'ombre, se disait-elle en frissonnant. Et plus d'une fois, elle avait senti que Paolo l'observait à la dérobée.

Ils se tournaient autour, prudents et circonspects, mais il ne se passait rien de personnel entre eux.
« Tu en es où, avec ta collection ? » ou bien « L'emmanchure baille, tu dois la refaire, » c'était la seule teneur de leurs échanges. Et comme toujours, Paolo l'asticotait avec des remarques caustiques.

Elle en avait parlé à Margaux.
« Ça me fait penser aux petits garçons de dix ans dans les cours d'école, » avait rigolé son amie. « Ils ne savent pas comment faire la cour aux filles, alors ils leur tirent les cheveux. »
« Sauf qu'on n'a plus dix ans, ni Paolo ni moi. »
« Certaines choses ne changent jamais, même à notre âge, » répliqua Margaux, qui tenait sa sagesse de ses études littéraires et de ses amours tumultueuses.

« Alors d'après toi, il flirte avec moi ? » dit Bérénice, secrètement heureuse de ce que Margaux venait de lui dire.
« Invite-le, tu verras, » avait conclu Margaux avant de raccrocher.

Bérénice avait suivi le conseil de son amie et non seulement Paolo avait accepté sans difficulté l'invitation à la soirée chez Ottavia, mais il avait aussi semblé plein d'enthousiasme à l'idée de passer une soirée avec elle. Un point pour Margaux.

Comment va-t-il se comporter avec moi en dehors du boulot ? se demanda-t-elle, tout en pratiquant l'écoute flottante avec Vittorio. Elle n'entendait pas tout, mais ça lui permettait de rebondir lorsqu'un mot accrochait son attention, tout en continuant à penser à Paolo.

Pour sa part, elle avait l'intention de garder la tête froide, mais elle ne pouvait s'empêcher de ressentir une certaine excitation.

« Si tu veux, on peut aller ensemble au musée, samedi prochain, » lui dit Vittorio.
« Pourquoi pas, » dit Bérénice distraitement, en se demandant pourquoi elle n'avait pas encore aperçu son collègue. Soudain, elle le reconnut.

Paolo était de dos, légèrement appuyé sur sa canne, et il parlait avec un petit groupe de personnes. Ça lui avait souvent semblé bizarre, qu'on puisse reconnaître les gens sans voir leur visage, mais ça marchait, c'était indéniable. Elle n'avait pas eu besoin de la canne pour savoir que c'était lui. Et même son dos lui faisait venir cette sensation suspecte au creux de son ventre.

Garder la tête froide, tu parles, pensa Bérénice. *Ce n'est pas à cet endroit-là que ça se passe.*

« Je prendrai bien encore une coupe de ce prosecco, » dit-elle en entraînant résolument Vittorio vers le buffet. Elle préférait retarder le plus possible le moment où Paolo la verrait. Même si maintenant elle savait qu'il n'était pas marié, elle ne faisait pas confiance à ses propres réactions lorsqu'elle le voyait.

Elle n'eut pas longtemps à attendre. Mû par un sixième sens, Paolo avait discerné le regard de Bérénice. Mais lorsqu'il s'était retourné, elle avait déjà pris la fuite. Il quitta le petit groupe d'invités avec lesquels il avait sympathisé pour la rejoindre et il lui tapota l'épaule. Elle se tourna et tomba presque dans ses bras tant il se tenait près d'elle. Il recula d'un pas et la regarda de haut en bas avec attention.
« Tu as mis la robe du soir, » s'exclama-t-il en reconnaissant au premier coup d'œil le modèle pour lequel il avait pris les mesures de Bérénice.

Une onde de désir la traversa au moment où le souvenir de l'atelier s'imposa à elle.
« Fortunata l'a cousue pour moi, mais dans un tissu différent, » dit Bérénice, ravie de l'effet de surprise qu'elle avait réussi à créer. « C'est beau, en noir, non ? »
« Tu es superbe, » dit-il en lui adressant un autre regard appuyé. Puis, avec un demi-sourire, il ajouta :
« Ça te change un peu de tes habits d'orpheline, non ? »
Il m'agace sérieusement, ce mec, se dit Bérénice. *Il me fait un compliment et tout de suite après il m'envoie une flèche empoisonnée*. Sous l'effet de la colère, une légère rougeur envahit son visage et son cou.
« J'habillerai les princesses et les reines avec mes modèles, tu verras. »
« Seulement si les princesses et les reines aiment s'habiller comme des orphelines, » dit Paolo.

Trois petites ridules en éventail avaient surgi à la naissance de ses paupières et ses yeux bruns pétillaient d'amusement.
Le moment de la jouer cool est arrivé, pensa Bérénice.

Elle lui décocha un sourire charmeur, calibré pour lui faire comprendre qu'il était en train de faire fausse route avec elle, et pas qu'un peu. Elle prit Vittorio par le bras, s'éloigna sans dire un mot de plus et se joignit au petit groupe qui s'était formé autour de Giorgio.

Une ombre passa sur le visage de Paolo. Il avait compris le message.

Chapitre Vingt-Cinq

« La nuit, j'ai beaucoup de mal à m'endormir, » disait Graziella, l'une des amies d'Ottavia, à Giorgio lorsque Bérénice s'approcha, avec Vittorio dans son sillage.
« Et moi, je suis angoissée à chaque fois que je vois des pigeons dans la rue, et c'est encore pire s'ils viennent sur mon balcon, » dit Carla, dont le visage très expressif ne laissait aucun doute sur ce qui se passait en elle.

Giorgio se racla un peu la gorge avant de répondre.
« Même si j'ai enseigné la psychologie, je ne suis pas psychologue clinicien, » dit-il avec douceur.
« Mais vous avez sans doute au moins une idée de ce que ça représente, ces angoisses, non ? »

Giorgio secoua la tête et plaça sa main sous le menton, comme pour soutenir l'assaut de questions.
« Je ne pourrais vous donner que des réponses générales, » dit-il d'une voix apaisante. « Seul un psy pourra vous indiquer des pistes pour votre cas particulier. Chaque personne est différente. »
« Moi, je sais ce qui pourrait m'aider à m'endormir, » poursuivit Graziella, sans se laisser décourager. « Mais comme je suis veuve… »
Elle ne termina pas sa phrase. Ce n'était pas nécessaire, tout le monde avait compris à demi-mot

qu'elle envoyait un appel du pied à Giorgio, et pas si discrètement que ça, d'ailleurs.

Celui-ci se tourna vers Ottavia.
« L'endormissement vous pose problème, à vous aussi ? » dit-il, en fin diplomate.
Dépitée de voir que Giorgio braquait son attention vers leur hôtesse, Graziella se mit à taper du pied, en un geste inconscient.

« On vous a suffisamment posé de questions, Giorgio, » dit Ottavia en lui prenant le bras. « Venez avec moi. » Elle l'entraîna loin de ses amies, tandis que Graziella marmonnait.
« Il n'y en a que pour elle ! D'ailleurs, d'où sort-il, ce Giorgio ? »
C'est le moment d'intervenir et de calmer les esprits, pensa Bérénice. Elle avait appelé Giorgio sur un coup de tête. Ottavia souffrait de sa solitude. Peut-être qu'entre elle et Giorgio quelque chose naîtrait.
« C'est moi qui l'ai invité, » dit-elle. « Il est sympathique, n'est-ce pas ? »
Graziella et Carla échangèrent un regard et éclatèrent de rire en même temps.
« C'était si évident que ça ? » dit Graziella.
« Comme le nez au milieu de la figure, » dit Bérénice. « Mais je crois qu'il a craqué sur Ottavia dès qu'il l'a vue. »

« Je ne m'en étais pas aperçue, » dit Graziella avec un sourire, « tout le monde peut se tromper, même moi. »
Carla fit mine de l'applaudir.
« Il y en aura au moins une qui n'aura aucun mal à s'endormir ce soir, » dit-elle à Graziella, qui se mit à rire de bon cœur.

Toute trace de ressentiment avait disparu de leurs visages. La séduction était encore un jeu pour elles à cinquante ou soixante ans passés. Pour Ottavia aussi.

Et pour moi ? se demanda Bérénice. Elle eut un petit pincement au cœur à la pensée de son long célibat. Vittorio était sympathique, mais pas son genre du tout. Le baiser avec Paolo ne comptait pas. Enfin, ça lui avait plu, mais la réaction de Paolo après l'intrusion de Fortunata prouvait que pour lui, c'était un incident sans importance. Et ses remarques sarcastiques de ce soir le confirmaient encore.

Ça ferait bientôt neuf mois qu'elle était toute seule, sans aucune perspective que ça change. Jusqu'à quand ?

Le tintement caractéristique d'un couteau contre un verre se fit entendre. Petit à petit, les bavardages cessèrent et tous les invités se tournèrent vers Ottavia.

« Mes chers amis, » commença-t-elle, « vous m'avez fait le plaisir de venir ce soir rencontrer ma jeune amie Bérénice. »

Des cris d'encouragement chaleureux et quelques applaudissements éclatèrent. Bérénice rougit un peu sous les regards des invités qui convergeaient sur elle.

Ottavia tapota de nouveau son verre de son couteau.
« Je voudrais montrer à Bérénice une façon typiquement italienne de faire la fête. Nous allons chanter tous ensemble, » dit-elle en brandissant un paquet de partitions musicales. « Et Vittorio va nous accompagner à la guitare. »

Elle montra l'instrument, couché sur un guéridon. C'était une guitare acoustique en bois verni, brun d'un côté et blanc de l'autre.
« C'était la guitare de mon mari. Il aurait tellement aimé en jouer avec nous tous. Faisons honneur à sa mémoire. »
L'assistance explosa à nouveau en applaudissements et en 'bravos' criés à tue-tête.

Vittorio se plaça au centre de la pièce, les partitions furent posées sur une sorte de lutrin et l'assistance fit un cercle. Ottavia distribua des photocopies à ceux qui avaient besoin d'aide pour se souvenir des paroles des chansons.

Bérénice fut l'une des rares personnes à en prendre une. Paolo vint se placer tout près d'elle, sans dire un mot, pendant que les premières notes de *Volare* commençaient à résonner. Bérénice essaya de dissimuler le trouble que cette proximité déclenchait en elle en se focalisant sur la chanson.

Bérénice connaissait la mélodie pour l'avoir souvent entendue jouée, ou plutôt massacrée, par les musiciens qui faisaient la manche dans le métro. Ici, l'effet était très différent, et dès le deuxième refrain, elle entonna avec les autres :

Volare, oh oh
Cantare, oh oh oh

En même temps, elle décryptait le sens des paroles sur la partition. Le poète se peint le visage et les mains en bleu, et se met à rêver qu'il s'envole plus haut que le soleil. Il est heureux là-haut, il chante et il flotte dans les airs. Et quand le rêve se termine, dans le dernier couplet, le poète regarde les yeux bleus de sa belle, et il y retrouve le même bonheur.

Paolo prit la main de Bérénice dès qu'ils entonnèrent le dernier couplet et plongea un regard brun doré dans ses yeux. Ses fines ridules étaient apparues et rendaient son regard plus intense encore. Sa main était ferme, sa paume légèrement calleuse à force de manipuler ciseaux et aiguilles.

L'image des mains de Paolo sur sa taille s'imposa à elle d'un seul coup, et Bérénice ressentit un fulgurant désir l'embraser. La sensation était intense, et elle chancela un peu.

Mais qu'est-ce que tu t'imagines, Bérénice ? se houspilla-t-elle. *Il t'a pris la main uniquement pour se faire pardonner sa vacherie de tout à l'heure. Chante, va, ça te fera passer ce genre d'idées absurdes.*

Mais Bérénice avait tout faux, car Paolo la serra contre lui et, la tenant tout près, la main sur la taille, lui murmura : « Pardonne-moi ce que je t'ai dit tout à l'heure. »

Elle le regarda, la bouche soudain sèche. Les yeux de Paolo, fixés sur elle, brillaient d'un sombre éclat. Sa bouche entourée d'une légère ombre de barbe défiait toute tentative de résistance. Des sensations incandescentes, torrides, prirent d'assaut son ventre.

« Pardon, » répéta-t-il en la regardant un long moment dans les yeux, et ce simple mot changea tout pour elle.

Bérénice ne pouvait plus lui tenir rigueur de quoi que ce soit, et sa poitrine se gonfla même d'un vif espoir.

Paolo n'était plus aussi froid qu'il l'était devenu après le baiser interrompu dans l'atelier, même s'il n'avait toujours pas expliqué pourquoi il avait fait comme si ce baiser n'avait jamais existé.

Bien sûr, elle avait clamé qu'elle n'avait aucune envie d'entamer une vraie relation avec lui ni avec aucun autre homme. Mais Paolo avait taillé en pièces toutes ses lignes de défense. Il avait victorieusement traversé tous les buissons de ronces qu'elle avait si soigneusement plantés autour de son cœur.

Elle sentit une flambée de sensualité la traverser et elle ne put résister à l'envie de couler un regard en biais vers lui.

Il ne portait plus l'élégante veste en lin qu'il avait en arrivant, et son T-shirt noir à manches courtes laissait voir ses bras. Bérénice remarqua un avant-bras musculeux et un biceps renflé qui dépassait de la manche du T-shirt.

Qu'est-ce qu'elle ressentirait s'il l'enveloppait de ces bras-là ? Son thermostat interne grimpa brusquement bien au-delà des trente-sept degrés. Elle se serra contre le flanc de son collègue. Comment serait-il sans son T-shirt ? Et comment serait-il nu, tout contre elle ? Son imagination trop précise lui fit monter le rouge aux joues.

Vittorio, occupé à lire les partitions, leva soudain la tête et vit Bérénice main dans la main avec Paolo, et amoureusement lovée contre lui. La déception fit descendre les coins de sa bouche vers le bas, et il la regarda d'un air de reproche. Il avait vraiment cru avoir des atomes crochus avec la jeune Française.

Dépité, Vittorio plaqua sur la guitare des accords sonores qui firent sursauter l'assistance. Sauf Paolo et Bérénice qui, les yeux dans les yeux, semblaient déjà se trouver dans un univers qui se résumait à eux deux.

La chanson suivante était familière à Bérénice, du moins dans sa version française. En italien, c'était Adriano Celentano qui la chantait et elle vit sur les feuilles photocopiées que le titre original de la chanson était *Il ragazzo della via Glück.* Le garçon qui habitait rue Glück, donc.

Sa grand-mère l'avait bercée avec cet air quand elle était petite et qu'elle n'arrivait pas à s'endormir. Les paroles mélancoliques, la voix si douce de sa grand-mère et la mélodie en mode mineur l'apaisaient, versaient du baume sur ses chagrins d'enfant.

Un bien-être élémentaire envahit Bérénice, comme si elle se pelotonnait dans le cocon affectueux où elle avait vécu ses premières années. Tandis que Paolo passait son bras autour de sa taille, elle ferma les yeux et entra dans un doux rêve éveillé. Elle chantonnait à mi-voix les paroles qu'elle connaissait par cœur en français.

Ils savaient rire, tous mes amis
Ils savaient si bien partager mes jeux
Mais tout doit finir, pourtant dans la vie
Et j'ai dû partir les larmes aux yeux

C'était devenu vrai, pour Bérénice. Elle avait dû partir, et la nostalgie de sa vie d'autrefois la prit à la gorge. Elle ne pouvait plus chantonner, et encore moins chanter. Sa voix s'étranglait dans sa gorge.

Son timbre avait dû la trahir, car Paolo tourna la tête vers elle, l'air interrogateur. Elle lui fit signe de ne pas s'inquiéter et il la serra encore un peu plus contre lui. La mélodie continua à résonner dans la mémoire de Bérénice, mais cette fois le vague à l'âme qu'elle avait ressenti fut balayé par un élan de désir pour Paolo.

La chanson se termina sur un concert d'applaudissements et de cris ironiques et joyeux.
« On ne va pas s'arrêter en si bon chemin, » dit Ottavia, « ça vous dit de chanter *La bambola* ? »
« *La bam-bola, la bam-bola,* » scandèrent les invités en tapant dans leurs mains.

Tous entonnèrent d'une seule voix cette chanson que Bérénice ne connaissait pas. Elle parcourut les paroles sur la page photocopiée qu'elle tenait dans sa main.
Tu me fais tourner comme si j'étais une poupée,
Puis tu me jettes comme si j'étais une poupée

La complainte de la chanteuse la toucha en plein cœur. Elle aussi, pour Christophe, son premier amour, elle avait été cette poupée qu'on jette lorsqu'elle ne plaît plus. Ça lui avait fait un mal de chien.

Bérénice sentit ses yeux devenir humides. *Mais qu'est-ce qui me prend, tout d'un coup* ? pensa-t-elle en refoulant ses larmes avec la dernière énergie.

Ça ne lui ressemblait pas, de se morfondre dans la tristesse et les souvenirs. C'était exaltant, au contraire, de commencer une nouvelle vie et de relever les défis qui se présenteraient.

C'était exaltant aussi de chanter en chœur avec les amis de son hôtesse le bonheur d'aimer, la nostalgie des moments heureux du passé, ou la douleur du désamour.

Mais ce qui était le plus exaltant, c'était cet homme qui avait réussi à atteindre son cœur, qui la regardait avec passion et la serrait amoureusement contre lui. La main de Paolo dans la sienne, c'était la preuve qu'elle pouvait se risquer sur le terrain de l'amour.

Chapitre Vingt-Six

« Tu es prête, Bérénice ? » tapota Paolo sur son téléphone. « Je t'attends devant la porte. »
Debout à côté de sa Honda rouge vif posée sur sa béquille, Paolo repensa aux événements qui l'avaient conduit à se trouver là, à l'attendre, devant sa porte.
Lui, il n'avait pas su comment faire pour surmonter leurs disputes. Et en fin de compte, c'était elle qui avait pris l'initiative d'aller au-delà de leurs escarmouches. Elle l'avait invité chez elle, enfin chez sa logeuse. Il l'avait trouvée si belle dans la robe qu'il avait dessinée spécialement à son intention.

Et la morsure de la jalousie lorsqu'il l'avait vue en pleine conversation avec ce bellâtre de Vittorio lui avait démontré qu'il avait pour elle des sentiments qu'il ne pouvait plus ignorer. Il n'avait pas eu d'autre choix que de prendre le risque de se rapprocher d'elle.

C'était sa première sortie seul à seul avec Bérénice après la soirée chez Ottavia, pendant laquelle il s'était contenté de lui prendre la main et de lui murmurer quelques mots à l'oreille. Par bonheur, elle avait accueilli ce moment de rapprochement sans réticence, sans aucune trace de ressentiment.

Elle s'était même serrée contre lui, et ç'avait été une sensation extraordinaire. Peut-être réussiraient-ils enfin à concrétiser ce qui avait commencé dans l'atelier.

Ce soir, ce serait la première fois qu'ils seraient seuls tous les deux. Il était impatient de la revoir.

Paolo avait réussi à surmonter ses peurs, surtout grâce à Bérénice elle-même. Ils se voyaient tous les jours. Il avait réalisé quelques modèles pour elle – grâce aux mesures prises ce fameux soir dans l'atelier – et à chaque fois qu'il les lui avait fait essayer, Paolo sentait son corps qui frémissait et réagissait au quart de tour.

Elle était ravissante dans les vêtements qu'il avait conçus en pensant à elle. Il aimait particulièrement la voir évoluer dans un short à carreaux roses et blancs qui rappelait les tenues en vichy de Brigitte Bardot dans les lointaines années soixante du siècle dernier. La veste assortie était délicieusement rétro, mais lui allait à la perfection. Et lorsqu'elle laissait ses cheveux blonds libres de flotter dans son dos, elle était tout simplement renversante de beauté.

Et plus le temps passait, plus il était obligé de se rendre à l'évidence. Bérénice ne quittait plus son esprit. Elle s'imposait à ses pensées et se glissait dans ses projets d'avenir.

Il ne lui avait encore rien dit de son passé. Il n'avait parlé ni de la fortune dont il avait hérité de sa mère, ni des millions qui lui reviendraient un jour à la mort de son père, et encore moins de Maria Cristina. Il gardait aussi le secret sur son appartement trop luxueux, qui aurait pu susciter des questions auxquelles il n'avait pas envie de répondre.

Bérénice, elle, lui avait parlé de sa vie en France, mais avait soigneusement évité de mentionner ses amours.

Il avait fini par lui poser la question directement. Elle avait levé les yeux au ciel et n'avait pas voulu lui répondre. Son visage s'était presque recroquevillé sur lui-même et il n'avait plus insisté.

Il y avait donc quelque chose de douloureux dans son passé amoureux. Ça les mettait sur un pied d'égalité.

Lorsqu'elle apparut sur le perron, Paolo eut le souffle coupé pendant un bref instant. Le jeans noir très ajusté que Bérénice avait choisi de mettre soulignait la courbe sensuelle de ses cuisses. Sous son blouson de cuir brun, elle portait un simple chemisier blanc noué à la taille, qui dénudait quelques centimètres de son ventre plat.

Ses cheveux étaient noués en un chaste chignon, mais quelques boucles folles s'en étaient échappées et dansaient autour de son visage. Ces boucles à elles seules auraient été suffisantes pour le faire fantasmer.

« Tu as un casque pour moi ? » demanda-t-elle en approchant son visage du sien pour lui faire la bise. Elle se dirigea vers la gauche tandis que Paolo lui offrait sa joue droite, comme le voulait la coutume en Italie. Ils s'arrêtèrent juste avant que leurs lèvres ne se touchent, et ils se mirent à rire, embarrassés tous les deux. Ils n'avaient pas encore retrouvé la complicité qui avait effacé la distance entre eux, lors du baiser interrompu dans l'atelier.

Bérénice tira jusqu'en haut la fermeture éclair de son blouson, serra la bride du casque sous son menton et monta à califourchon derrière Paolo. Le contact de ses bras minces autour de sa taille le fit frissonner. Heureusement, elle savait se tenir à moto, se penchant en même temps que lui dans les virages pour ne pas le déséquilibrer, se collant à son dos pour faire corps avec lui et avec le puissant engin.

Le trajet n'était pas très long. Ils mirent pied à terre sous les arcades de la Via Po, et Paolo l'entraîna dans un endroit nommé Blue Metal, qui tenait du labyrinthe d'Alice au pays des merveilles. Si la façade n'était pas très grande, le local était construit tout en profondeur, avec de nombreuses salles toutes dotées d'affectations différentes. Ils dépassèrent la salle de cinéma, la salle de billard, le bar, puis le restaurant. Plus ils avançaient, plus les sons d'un orchestre de rock s'amplifiaient. Ils débouchèrent dans un local plus grand que les autres, où quatre musiciens sur une estrade jouaient sans doute leurs propres compositions, car Bérénice ne reconnut aucun morceau.

C'était une gageure de parler au milieu des miaulements de la guitare basse et du fracas des percussions, mais Bérénice essaya tout de même de dire quelque chose à son compagnon. A l'aide de grands gestes, Paolo lui fit comprendre qu'il avait du mal à l'entendre dans le vacarme ambiant. Il prit la main de la jeune femme pour l'entraîner sur la piste de danse. Maintenant qu'il n'avait plus de canne, son corps se déployait sur toute sa longueur, lui donnant une allure féline, toute en souplesse.

La musique résonnait dans les oreilles de la jeune femme, mais aussi dans son corps tout entier. Les lumières stroboscopiques coloraient les visages des danseurs de vert, de rouge puis de bleu en succession rapide. Alors qu'elle bougeait son corps au rythme de l'orchestre, Bérénice sentit ses muscles se détendre en même temps que ses soucis se dissolvaient.

Elle remarqua un homme qui dansait près d'elle. Il tira de sa poche un petit sachet de plastique transparent, et mit dans sa bouche l'une des pastilles

roses qu'il contenait. Chacune portait, gravée sur le dessus, l'image d'un petit smiley souriant.
« Tu en veux une ? » mima-t-il en lui tendant son sachet.

Elle hésita un instant. C'était tentant de se laisser complètement aller, mais elle secoua la tête pour dire non. La sérotonine que contenait l'ecstasy agissait sur l'humeur et le désir sexuel. Or elle n'avait nul besoin d'une petite pilule rose pour avoir envie de faire l'amour avec Paolo. En plus, elle voulait profiter à plein de sa soirée avec lui, elle ne voulait pas en perdre une miette.

L'homme haussa les épaules lorsqu'il comprit qu'elle refusait.
« C'est toi qui vois, » dit-il, sans prendre la mouche, le cerveau déjà inondé par l'hormone du bonheur que la pilule – sans doute pas la première de la soirée – relâchait dans son corps.

La musique portait Bérénice. Elle sentait les basses résonner dans son corps et relâcher toutes les tensions accumulées depuis des semaines. Elle se mit à danser en phase avec le rythme de l'orchestre. Paolo plaça un bras protecteur sur ses épaules tout en bougeant au même rythme qu'elle. Il s'approcha de son oreille et murmura :
« Tu es magnifique. »

Bérénice se contenta de sourire en le regardant dans les yeux, sans rien répondre. Il la prit par la main, déposa sur la peau tendre et fragile de l'intérieur du poignet un baiser d'une douceur extrême, puis il l'entraîna hors de la piste de danse. Ils parcoururent, toujours main dans la main, un long couloir qui débouchait sur deux portes fermées.

Paolo sortit une clé de sa poche, ouvrit l'une des portes et la referma derrière eux. Il n'appuya pas sur l'interrupteur. La pièce n'était éclairée que par l'obscure clarté provenant d'un lampadaire allumé dans la rue. Après le vacarme de la piste de danse, un silence ouaté les enveloppa.

Les yeux de Bérénice s'habituèrent à la pénombre et elle jeta un coup d'œil circulaire à la pièce sommairement meublée.
« Que faisons-nous ici ? » dit Bérénice dans un souffle.
Il l'attira à lui.
« On reste ici tous les deux, et cette fois, personne ne va nous interrompre. »
On n'entendait plus que la rumeur lointaine de l'orchestre, et la demi-obscurité fit tomber les dernières barrières entre eux.

Paolo était maintenant assez proche pour qu'elle sente son odeur, un mélange de savon, de sueur et d'un parfum boisé que Bérénice trouva séduisant et profondément viril. La chaleur que le corps de

Paolo dégageait l'embrasa elle aussi et elle ne dit plus rien.

Il se mit face à elle comme pour danser un slow langoureux, mit ses bras autour de la jeune femme et tourna doucement avec elle. Il promena ses lèvres sur le cou de Bérénice. Elle frissonna, autant à cause du plaisir qu'il lui donnait que de l'anticipation de ce qui allait suivre.

Elle était incapable de résister, et encore moins de réfléchir à ce qui était en train de se passer. Elle savait seulement qu'elle sentait Paolo se gonfler et se raidir contre son ventre, tandis que ses jambes à elles vacillaient et s'écartaient instinctivement. Paolo plaça sa main sous le menton de Bérénice et approcha ses lèvres des siennes.

Du bout de sa langue il lui lécha les lèvres, puis les força à s'entrouvrir. Il prit possession de sa bouche en un baiser qui mit en feu les sens de Bérénice et lui arracha un profond gémissement suivi d'un soupir. Un frisson lui parcourut de nouveau le corps, avec une charge sensuelle si forte que son ventre se creusa comme pour le recevoir en elle. Elle fit courir ses doigts dans les cheveux de Paolo, tandis qu'il continuait à caresser son visage de ses lèvres.

Il lui prit la main et l'entraîna vers un canapé dont elle distinguait à peine le contour dans le clair-obscur de la pièce. Paolo s'y adossa et la guida doucement vers ses genoux. Assise en amazone sur lui, elle sentait sa verge tendue pulser contre son corps.

« Bérénice, » murmura-t-il. Et sa façon de dire son prénom avec son accent italien sexy en diable lui parut être le mot érotique ultime. Elle avait envie de fondre son corps dans celui de Paolo. Mais elle sentait aussi qu'ils s'exploraient et se découvraient réellement pour la première fois, comme des Christophe Colomb de leur propre sensualité.

Elle voulait savourer chaque instant de cette exploration, sans sauter aucune étape. Et elle se laissait délicieusement caresser par Paolo, qui avait maintenant mis sa main à l'intérieur de son jean. Elle se cabra lorsqu'elle sentit ses doigts en elle. Elle jouit immédiatement, ses orteils se recourbant sous l'action du plaisir.

« Paolo, » murmura-t-elle à son tour. Elle voulait plus encore, elle voulait le sentir en elle et ne faire qu'un avec lui. Mais il lui embrassait encore les seins, les épaules et le cou.

Bérénice passa ses mains sous la chemise de Paolo et sentit les muscles de ses abdominaux sous ses doigts. Elle caressa son dos, le griffa légèrement, puis elle introduisit sa main dans son jeans et, à travers le boxer, effleura son membre durci.

Cette caresse décupla l'ardeur de Paolo. Une frénésie soudaine s'empara de lui. Il arracha les vêtements de Bérénice sans aucune douceur. Quand il fit glisser le soutien-gorge de Bérénice, il s'empara de ses seins avec une force qui la fit sursauter et simultanément gémir de plaisir. Il lui caressa le sexe du majeur, bientôt suivi de deux autres doigts. Elle se cambra et ferma les yeux pour mieux jouir de la sensation. Sans cesser de la caresser, Paolo prit un préservatif dans la poche de son pantalon.

C'est seulement alors qu'il ôta son jeans et se montra dans toute la splendeur de son membre dressé. D'un coup de main exercé, il enfila le petit tube de latex, puis il souleva Bérénice et la mit au-dessus de lui. Elle le chevaucha tandis qu'il lui caressait les seins, et sa beauté virile la pénétra jusqu'au plus profond d'elle-même.

Paolo gémit, puis il saisit à pleines mains les hanches de Bérénice et la souleva. A son tour, elle poussa un long soupir de protestation tandis que Paolo inversait leurs positions.

Maintenant sur le dos, Bérénice entoura de ses jambes la taille de Paolo. L'urgence du début s'était transformée en mouvements plus alanguis. Paolo lui faisait l'amour sans se presser, comme s'il accomplissait un rituel sacré. Le seul fait de contempler son visage et son expression absorbée par le plaisir qu'il était en train de lui donner fit jaillir en elle d'exquises vagues de volupté. Mais chacun de ses lents coups de boutoir en elle exacerbaient son désir. Elle souleva ses hanches pour l'inciter à accélérer. Elle se sentait au bord d'un déchaînement de passion.

« Maintenant, » dit-elle. Et Paolo, son désir galvanisé par celui de Bérénice, augmenta le rythme de ses coups de reins. Un paroxysme de plaisir les amena tous les deux jusqu'à la jouissance. Terrassé par les spasmes de l'orgasme, Paolo s'effondra sur elle.

Il reprit lentement son souffle avant de s'allonger à ses côtés. Bérénice sentait son cœur battre à l'unisson de celui de Paolo. Elle sentait aussi qu'elle avait été aimée complètement, aimée comme jamais. C'était comme si tous les atomes de son corps avaient reçu leur juste part de plaisir.

Elle se blottit contre Paolo et posa sa tête sur son épaule. Son corps vibrait encore de toutes les sensations qu'elle avait éprouvées et ne s'apaisait que petit à petit.

Et au milieu de ce tumulte des sens, elle savait une chose sans aucun doute possible. Paolo était l'homme qui lui était destiné, et elle ferait tout ce qui était en son pouvoir pour le garder.

Chapitre Vingt-Sept

La journée de juin était radieuse. Seuls de petits nuages blancs festonnaient un ciel bleu éclatant de luminosité. Il faisait déjà un peu trop chaud, et les climatiseurs avaient été mis en route dans les locaux de Moda Nuova, bourdonnants de l'activité frénétique des préparatifs pour les défilés des fashion weeks, maintenant proches.

« On part en week-end tous les deux, ce soir même,» dit Paolo, en s'approchant du poste de travail de Bérénice. Elle ajouta quelques hachures au dessin de robe de mariée sur lequel elle travaillait avant de lever les yeux vers lui.
« On va où ? »
« C'est une surprise. Je passe te chercher ce soir chez Ottavia, d'accord ? »
« Attends, je vais essayer de deviner. On part en voiture ou en avion ? »
« En voiture. »
« Alors, je crois que j'ai compris. On va à Milan, tu veux me montrer le Fashion Hub, là où on va faire notre défilé, en septembre. »

Paolo sourit sans répondre, puis il déposa un rapide baiser sur ses lèvres.

« Je viendrai te prendre à dix-sept heures, chez toi, d'accord ? »
« Je vais être obligée de partir en milieu d'après-midi, » dit-elle, en faisant mine de râler.
« Tu ne vas pas t'en plaindre, tout de même, » dit Paolo avant de s'éclipser, le sourire aux lèvres.
Bérénice se remit à l'ouvrage avec ardeur pour finir les dessins qu'elle avait prévu de faire ce jour-là et réaliser le premier patron d'une robe d'été.

Elle partit à quinze heures trente et, grâce à la vieille Tipo qu'Ottavia lui prêtait, arriva trente minutes plus tard chez elle. Ce n'était pas encore l'heure de pointe et la route était libre.

Tout en préparant un sac de voyage succinct, elle repensa à ce qui s'était passé lorsqu'elle avait proposé le même genre de week-end surprise à Kenneth. L'avalanche de révélations qui avait suivi avait été atrocement dure à supporter. D'ailleurs, elle n'avait pas eu le courage de raconter ce désastre à Paolo.

Mais lui, il n'avait rien à voir avec Kenneth. Il était certes très discret sur son passé, mais elle ne craignait aucune dissimulation de sa part. Au contraire, elle sentait chez lui une sincérité profonde, qui faisait écho à sa propre franchise.

Son intuition n'était pas seulement due à l'entente de leurs deux corps – même si c'était à chaque fois un émerveillement. Il y avait aussi tous ces moments où ils riaient aux mêmes blagues et où ils se comprenaient à demi-mot. C'était à ce genre de détails qu'elle savait qu'ils étaient amoureux l'un de l'autre.

Elle entendit résonner un klaxon qu'elle ne reconnut pas. Mais elle était prête, de toutes les façons. Il était temps de descendre.

Lorsqu'elle vit la voiture de Paolo, elle eut un moment de profond étonnement en reconnaissant le logo. C'était le cheval cabré caractéristique des Ferrari, à l'avant d'un cabriolet profilé comme une voiture de course. Ce modèle n'était pas rouge, contrairement à la tradition de ce constructeur, mais gris métallisé. Le moteur faisait entendre un ronronnement qui exprimait le luxe et la puissance tout à la fois. Il n'y avait que deux sièges.

« Attends, tu viens me chercher avec une Ferrari ? Et ton Alfa Romeo, elle est où ? »
Paolo lui fit un sourire triomphant.
« J'ai fait un échange avec Emanuele. Il s'est offert une Ferrari quand il a gagné le Grand Chelem, et il a bien voulu me la prêter. »
« Tu as un frère en or. »
« Tu t'en apercevras toi aussi quand tu feras sa connaissance. »

C'était la toute première fois qu'elle montait dans une décapotable. Paolo démarra en souplesse pendant que Bérénice repêchait dans son sac sa longue écharpe rose, qu'elle noua autour de ses cheveux puis autour de son cou pour que sa crinière ne s'emmêle pas sous les assauts du vent. Elle mit aussi une paire de lunettes de soleil aux verres démesurés.
« Je me sens comme dans *La dolce vita,* » dit Bérénice.

Elle avait vu le chef-d'œuvre de Fellini au ciné-club de Lille quand elle était encore au lycée, et le film avait produit une telle impression sur elle qu'elle ne l'avait jamais oublié. Alors se déguiser en Anita Ekberg, c'était un peu un rêve d'adolescente qui se réalisait.

« Dans le film, Mastroianni conduisait une voiture anglaise, une Triumph. Pas une Ferrari, » dit Paolo avec un clin d'œil. « Mais c'est vrai que tu ressembles à cette actrice suédoise, » ajouta-t-il en lui caressant la joue avec douceur, du dos de sa main droite.

« J'avais raison, on va à Milan, » s'exclama Bérénice en regardant les panneaux sur l'autoroute. Paolo sourit sans répondre tandis que la voiture franchissait allègrement la vitesse maximale autorisée sans le moindre effort apparent et laissait

derrière elle les autres véhicules comme s'ils se trouvaient à l'arrêt.
« Tu ne conduis pas un peu trop vite, là ? » dit Bérénice.
« Ça n'a pas l'air de déranger les autres conducteurs, quand je les dépasse, je pense. »
« Ça doit être parce que Ferrari est un trésor national, » dit-elle, en ne plaisantant qu'à moitié, « mais j'espère que les radars aussi penseront la même chose. »

Elle se tourna vers Paolo, surprise, quand elle vit qu'il ne prenait pas la sortie pour Milan ni, un peu plus tard, la bretelle d'autoroute vers Brescia. A partir de là, les panneaux commencèrent à changer et elle comprit.
« C'est à Venise que tu m'emmènes ? » cria-t-elle, ravie. « Je n'y suis encore jamais allée ! »
« Parce que tu ne m'avais pas encore rencontré, » dit Paolo, d'un ton faussement modeste.

Trois heures et quart après leur départ de Turin, ils se retrouvèrent sur le pont de la Liberté, qui reliait Venise à la terre ferme. Leur progression sur le pont, entre les deux étendues d'eau très bleue de chaque côté, donna à Bérénice l'impression qu'ils roulaient directement sur l'eau.

Arrivés à Piazzale Roma, ils remirent la précieuse auto à un voiturier du parking Sant'Andrea, où elle serait surveillée vingt-quatre heures sur vingt-quatre.

« On va laisser nos bagages à l'hôtel, » dit Paolo en l'entraînant sur un pont ultra-moderne qui tranchait avec l'ensemble des bâtiments environnants. Il paraissait connaître par cœur les venelles labyrinthiques et il s'y déplaçait avec aisance, sans même l'aide de Google Maps.

Ils s'arrêtèrent devant un *palazzo* magnifique, tout proche du Pont des Soupirs.
« Tu es sûr que c'est là qu'on va ? » demanda Bérénice, intimidée par l'élégance de l'architecture, autant que par les ors et les velours qu'elle entrevoyait dans le lobby de l'hôtel.
« J'ai pris la suite avec vue sur la lagune, » répondit simplement Paolo.
Comment Paolo peut-il se permettre un tel luxe, pensa Bérénice en entrant dans le Danieli.
« C'est Emanuele qui nous offre tout ça, » la rassura-t-il, comme s'il avait lu dans ses pensées.

Ils pénétrèrent dans une suite qui parut gigantesque à Bérénice, et pourtant accueillante. Les meubles étaient tapissés de velours gris perle, et des tentures de soie écrue drapaient les fenêtres. Seule la tête du lit tranchait sur l'ensemble, rembourrée comme elle l'était d'une soie rose damassée.

Dans la salle de bains, le marbre dominait. D'immenses miroirs enchâssés dans des cadres de bois décoré à la feuille d'or occupaient deux des murs.

Mais ce fut la terrasse qui arracha une exclamation de surprise à Bérénice. Même si le soleil s'était couché peu de temps auparavant, le ciel restait encore imprégné de la lueur des derniers rayons. Sous ses yeux, la lagune s'étendait, chargée de gondoles, de hors-bords et de barques. Un *vaporetto* passa, laissant un sillage d'eau plus claire derrière lui. Deux mouettes se posèrent sur la balustrade, à la recherche de quelques miettes.

Paolo la rejoignit et, se serrant contre son dos, l'entoura de ses bras.
« Ça te plaît ? » demanda-t-il, et il l'embrassa doucement dans le cou. Elle se retourna et posa ses lèvres sur les siennes. C'était une réponse suffisante pour Paolo, qui l'entraîna sur le lit.

Il arracha la courtepointe satinée et la jeta sur le sol sans cesser d'embrasser Bérénice ni de la serrer contre lui. Elle le vit au-dessus d'elle et sa puissante beauté la toucha en plein cœur. Elle mit ses yeux dans les siens tandis que Paolo la caressait doucement puis, changeant brusquement de rythme, prenait possession de chaque atome de son corps.

La climatisation fonctionnait et pourtant, au bout d'un moment, tous deux furent couverts de sueur, rendant leurs corps glissants et leurs mouvements précaires.
« Attends, » dit Paolo.
Il prit Bérénice dans ses bras et la porta jusqu'à la terrasse.
« On pourrait nous voir, non ? » dit-elle, inquiète.
« Les gens n'ont qu'à nous regarder, » dit Paolo, indifférent aux préoccupations pudiques de Bérénice. « Ils auront la chance de voir quelque chose de beau. »

L'air frais de la nuit sécha rapidement leur peau et Paolo s'installa sur l'une des chaises longues de la terrasse, Bérénice à califourchon sur lui. Elle prit l'initiative d'un va-et-vient pensif sur son membre dressé.

Paolo réagit par une sorte de feulement rauque qui sonna à ses oreilles comme la musique la plus sexy du monde et la poussa à continuer plus vite et plus fort.

Rapidement, tous deux culminèrent en un orgasme semblable à un feu d'artifice de quatorze juillet : la fontaine, les étoiles filantes, le feu de Bengale, tout y était, dans une pyrotechnie qui embrasait tous leurs sens et qui les laissa pantelants.

Quand ils détachèrent enfin leurs corps l'un de l'autre, ils restèrent côte à côte, chacun sur une chaise longue. Ils se tenaient la main et regardaient le canal constellé de lumières. La rumeur de la rue leur parvenait, pleine de gaieté et de cris de fêtards.

C'était la toute première fois que Bérénice faisait l'amour à l'air libre, et elle trouva la sensation enivrante. L'avoir fait à Venise, sur la terrasse du Danieli, cet hôtel fastueux où rôdaient encore les fantômes de George Sand et d'Alfred de Musset, c'était vraiment le sommet du romantisme. Mais cela ne l'empêchait pas d'avoir faim.

« Room service ou restaurant ? » demanda-t-elle. Elle venait à peine de prendre une douche dans la somptueuse salle de bains de leur suite et, enroulée dans une serviette dont le moelleux semblait défier les lois de la physique, elle tapotait le bras de Paolo pour qu'il se prépare aussi.

« Ça m'est égal, pourvu que ce soit avec toi, » dit Paolo.

Et se levant d'un bond, il la souleva dans ses bras et tournoya avec elle au son d'une farandole imaginaire.

Toutes les peines et toutes les pertes du passé s'effacèrent. Seule restait la perfection de ce moment.

Chapitre Vingt-Huit

Locaux de Moda Nuova
Quartier Mirafiori
La salle de réunion était pleine, comme le jour où Bérénice y avait fait une entrée tardive, les cheveux dégoulinants d'eau de pluie et une jambe de son jean crottée jusqu'au milieu du mollet.

Cette fois-ci, elle connaissait les codes vestimentaires de Moda Nuova et avait mis l'une de ses créations récentes, une courte robe d'été au décolleté carré, qui faisait tout de suite penser aux couleurs changeantes de la mer et aux longues étendues de sable doré. Le temps beau et chaud de la fin du mois de juin n'autorisait rien de plus couvrant.

La salle bruissait des conversations des uns et des autres, mais Bérénice était silencieuse. Paolo, assis à côté d'elle, lui tenait la main, mais ne pipait pas mot non plus.

La fashion week était encore distante de deux mois, alors pourquoi Fassio avait-il convoqué tous les employés en urgence ? Tous deux connaissaient la menace de rachat par le fonds d'investissements qui pesait sur Moda Nuova, et ils se regardèrent sans rien dire lorsque l'équipe dirigeante fit son entrée.

Enrico Fassio faisait de son mieux pour paraître impassible, mais la sueur qui perlait à son front réduisait tous ses efforts à néant. Le directeur financier, Riccardo Forestiere, garda ses yeux baissés alors qu'il s'asseyait à la droite de Fassio. *Peut-être ne se sent-il pas capable de croiser le regard des employés*, pensa Bérénice. *Si c'est ça, ça n'augure rien de bon.*

Gemma Castellan, la directrice des ventes, s'installa de l'autre côté du PDG. Son élégance habituellement sans défaut montrait quelques signes de relâchement.

Son tailleur était froissé, comme si elle avait dormi dedans et n'avait pas eu le temps de rentrer chez elle pour se changer. Dès qu'elle fut assise, elle se mit à rouler entre le pouce et l'index le coin d'une feuille de papier qu'elle avait posée devant elle.

Le silence ne tarda pas à se faire dans la salle de réunion, et Enrico Fassio commença à parler d'une voix sourde. Ses cheveux frisés, noirs sur les dessus de sa tête et grisonnants aux tempes, donnaient de la dignité à son visage mince.

« Je vous ai tous réunis aujourd'hui parce que la situation est grave, » commença-t-il, puis il s'arrêta.

Apparemment, c'était au-dessus de ses forces de dire ce qu'il avait à dire.

Un silence de caveau descendit sur la salle de réunion, comme si chacune des personnes présentes retenait sa respiration. Fassio promena son regard sur l'assistance, puis il reprit le fil de son discours.

« Notre société a été fondée en 1928 par le grand styliste Basileo Campana, à Turin. C'était une petite maison de haute couture, avec une clientèle très limitée – uniquement les femmes qui pouvaient payer ses tarifs très élevés. Tout a changé après la deuxième guerre mondiale, lorsque le gendre du fondateur, Pietro Sirleto, a décidé de passer au prêt-à-porter de luxe. »

L'assistance commença à respirer de nouveau. Si Fassio passait en revue l'histoire de Moda Nuova, ça ne pouvait pas être si grave. Sans doute allait-il annoncer que l'entreprise allait être rachetée. Les gens recommencèrent à bouger sur leur siège et à murmurer à l'oreille de leurs voisins.

Enrico Fassio se servit un peu d'eau dans un gobelet en plastique beige, et en but une gorgée.
« Moda Nuova a connu son âge d'or dès le début des années soixante du siècle dernier, » continua-t-il, « si bien que la société a été introduite en bourse au début des années quatre-vingt. Ce fut un grand succès. »

Fassio s'épongea le front à l'aide d'un mouchoir en papier qu'il roula ensuite en boule sans le jeter. Puis il recommença à dessiner à grand traits l'histoire de Moda Nuova.

« Le développement de notre société n'a pas fait que des heureux. Des maisons de prêt-à-porter plus anciennes ont estimé que nous leur faisions de l'ombre, et se sont ingéniées à nous mettre les bâtons dans les roues. Des concurrents sont apparus, décidés à nous copier et à nous prendre autant de parts de marché que possible. »

Le PDG fit une nouvelle pause et but une autre gorgée d'eau.

« Nous avons tenu bon, » reprit-il, « nous avons fait barrage à toutes les tentatives de nous effacer du paysage de la mode italienne. Nous pensions être capables de tout surmonter. Jusqu'à ce que la crise économique balaie tout sur son passage. Je laisse maintenant la parole à notre directrice des ventes, qui vous exposera les conséquences de la crise, » conclut-il sans plus de détails.

Il avait l'air épuisé de celui qui vient de fournir un effort surhumain.

Gemma Castellan se gratta l'arête du nez avant de commencer son exposé. Dans son maigre visage encadré de cheveux noirs, son rouge à lèvres vermillon était bien trop flashy. Elle avait dû se maquiller à la hâte juste avant la réunion.

« Nous avons élaboré plusieurs stratégies pour nous sortir de ce mauvais pas. Notre société vend uniquement aux grossistes. Or, eux aussi ont subi la crise et cela s'est répercuté sur nous. Nos ventes ont baissé cette année, ce qui n'a fait qu'augmenter les pertes déjà subies l'année précédente. Nous avons mis en place plusieurs opérations de promotion auprès des grossistes de toute l'Europe. Le succès a été au rendez-vous, mais ça n'a pas suffi à éponger les pertes, » dit-elle d'un trait.

Elle inspira profondément avant de continuer.

« Puisque la vente aux grossistes ne suffisait pas, nous avons également créé une boutique en ligne pour vendre directement aux particuliers. Cette stratégie a été couronnée de succès, mais nous n'avons pas encore réussi à amortir le coût de la mise en place du site ni celui de la publicité. Nous avons dû nous endetter lourdement pour continuer à fonctionner. »

Gemma Castellan se tut et se tourna vers Fassio. Celui-ci balaya du regard toute la salle, puis il livra sa conclusion.

« Baisser les bras ne fait pas partie de l'ADN de Moda Nuova, et nous avons élaboré un plan de bataille. Notamment, nous avons renforcé notre équipe de stylistes avec l'arrivée de Bérénice Pichot, » et d'un signe de tête, il la désigna à ses collègues. Elle serra la main de Paolo dans la sienne lorsque les regards convergèrent sur elle.

« Nos stylistes ont travaillé d'arrache-pied et grâce à eux, nous placions de grands espoirs en la prochaine collection printemps-été. Mais une offre publique d'achat hostile vient de nous parvenir. Je laisse la parole à mon collègue Riccardo Forestiere qui vous parlera de l'aspect financier de nos difficultés. »

Ricardo Forestiere se racla la gorge et leva enfin les yeux. Bérénice remarqua ses cernes violets. Lui aussi avait dû veiller jusque tard dans la nuit.

« Pour l'expliquer aussi clairement que possible, un fonds d'investissements néerlandais a offert aux actionnaires de leur racheter leurs actions trente pour cent plus cher que le prix du marché. Nous pensions que l'autorité de surveillance des marchés financiers refuserait d'avaliser cette opération. En fait, elle a été autorisée hier. Et nous n'avons aucun moyen de nous y opposer. »

Forestiere qui, d'habitude, ne rencontrait aucune difficulté pour faire des discours fleuve, sembla se

trouver soudain à court de mots. Il but un peu d'eau avant de se remettre à parler.
« Nous avons veillé jusqu'à quatre heures du matin pour essayer de voir où nous pourrions faire des économies pour racheter nous-mêmes les actions. Mais c'était comme d'essayer de tondre un œuf, » conclut-il d'un ton découragé, en posant la paume de sa main sur le dossier ouvert devant lui.

Les employés se regardèrent en silence, assommés par tout ce qui venait de leur être dit.

« Concrètement, quelles sont les conséquences pour nous ? » demanda Paolo, exprimant ainsi la question que tous se posaient.

« Pour l'instant, nous continuons notre activité comme d'habitude, » dit Fassio. « Mais d'ici peu, une nouvelle équipe dirigeante va débarquer. Et je ne peux évidemment pas prévoir ce qu'ils ont en tête. »

De toute évidence, Fassio préférait ne pas affoler ses troupes. Mais dans le secret de son bureau, il avait bien précisé à Paolo et à Bérénice que la conséquence d'une OPA hostile, c'était la plupart du temps une charrette de licenciements.

Les lendemains qui chantent, il valait mieux oublier ça à Moda Nuova.

Chapitre Vingt-Neuf

Il allait faire chaud, très chaud, en ce jour de fin juin, et pas seulement parce que le soleil brillait dans un ciel uniformément bleu.

« La totalité de vos créations appartient à la société. Elles y resteront même si vous êtes licenciés. Vous n'êtes pas autorisés à copier les fichiers de votre ordinateur. »

Tout le personnel était réuni une fois de plus, mais cette fois pour écouter ce que le nouveau directeur général, monsieur De Witte, avait à dire.

Un murmure hostile accueillit l'annonce qu'il venait de faire.

La nouvelle direction ne prenait pas de gants avec les employés de Moda Nuova. L'obéissance absolue était érigée en règle. Il y aurait un planning serré, pour que tous les modèles soient envoyés en production à l'usine avant même que les défilés des quatre fashion weeks aient eu lieu.

Monsieur De Witte avait aussi annoncé que Moda Nuova abandonnerait le prêt-à-porter de luxe. La production allait être délocalisée au Bangladesh.

Une atmosphère de terreur régnait maintenant dans les locaux de Moda Nuova. Là où les pause-café interminables servaient à souder l'équipe, qui travaillait du coup avec ardeur, il n'y avait plus que des horaires stricts, et des sourcils froncés si jamais il y avait un retard.

Comme les employés ne pouvaient plus bavarder librement, ils avaient pris l'habitude de se réunir dans un petit bar à l'heure du déjeuner, le San Giuseppe. Les plaintes allaient bon train.

La plus remontée était Fortunata. Elle était le dernier maillon de la chaîne qui précédait la mise en fabrication d'un modèle, et elle souffrait tout particulièrement des nouvelles règles.
« *Porca miseria*, s'ils s'imaginent qu'on peut bosser comme ça dans une boîte de mode, » dit-elle, « les modèles, il faut les essayer, les modifier, les essayer encore. A ce train-là, ils ne vont plus avoir besoin de nous non plus. »

Les paroles de la chef d'atelier s'avérèrent prémonitoires.

Dès la semaine suivante, monsieur De Witte annonça une série de licenciements sans préciser

qui serait touché. Chaque employé serait convoqué et devrait expliquer la nature de son poste. Ensuite, la direction aviserait. Sans surprise, Zuccarelli fut chargé de mener les entretiens.
« Cette peau de vache de Zuccarelli ne risque pas de perdre son boulot, » persifla Livia lorsque l'équipe se retrouva au San Giuseppe autour d'un plat *d'agnolotti*.
« Il va se charger des licenciements, puis ce sera son tour d'être fichu à la porte, tu verras, » lui dit Bérénice. Elle-même ne donnait pas cher de son avenir dans la nouvelle configuration de Moda Nuova. Dernier arrivé, premier licencié, c'était ce qui se produisait un peu partout.

Les premiers employés à se soumettre à la procédure d'évaluation en ressortaient pâles, les traits tirés. Plusieurs avaient déjà rassemblé leurs affaires dans un carton et avaient quitté Moda Nuova, les yeux humides pour certains.

Malgré tous ces bouleversements, Bérénice restait sereine. Paolo était son centre de gravité, et ils se retrouvaient presque tous les soirs.

Leur passion, pleine d'élans exquis, se développait, devenait chaque jour plus joyeuse. Ils avaient pris l'habitude de faire l'amour sur le canapé de cuir du Blue Metal. Paolo avait toujours sur lui la clé de la pièce située derrière la scène où jouait l'orchestre, et leurs moments de passion étaient souvent accompagnés par les coups sourds des basses et des percussions.

Bérénice s'arrachait aux bras de Paolo pour retourner chez Ottavia et lui tenir compagnie, comme elle l'avait promis. De plus en plus souvent, elle y retrouvait Giorgio qui venait, disait sa logeuse, en voisin.
« Mais on ne dîne pas trois fois par semaine chez ses voisins, il me semble, » avait répondu Bérénice avec un sourire.

Une idylle était en train de se développer entre son hôtesse et son compagnon de voyage sur le Paris-Turin, c'était beaucoup plus probable. Le visage rayonnant d'Ottavia en offrait la preuve la plus convaincante.

Bérénice n'avait jamais encore vu où logeait Paolo, et se posait quelquefois la question de savoir pourquoi. Quand elle lui demandait d'aller chez lui, il répondait que le ménage n'était pas fait, ou bien qu'il n'y avait vraiment rien d'intéressant là-bas, et qu'il préférait leurs étreintes clandestines au Blue Metal.

« Ce sont des prétextes, tout ça, c'est quoi la vraie raison ? » le taquinait Bérénice. « Tu caches quoi dans ton appart ? Les cadavres de toutes tes anciennes épouses ? »

Mais en réalité, elle n'y prêtait pas plus d'attention que cela. Leur weekend à Venise avait été éblouissant, et Paolo se révélait non seulement fougueux en amour, mais aussi prévenant et attentionné hors du lit.

De temps en temps, elle le regardait pendant qu'il travaillait sur son ordinateur ou dans l'atelier. Son profil aquilin, sa mâchoire ciselée, ses ridules craquantes et ses lèvres qu'elle connaissait si bien maintenant. *Quand je pense que je l'ai pris pour un ennemi*, se disait-elle, et son amour pour lui faisait battre son cœur avec plus de ferveur encore.

Elle regarda l'horloge. Son entretien avec Zuccarelli était prévu dans dix minutes. Elle rangea les patrons sur lesquels elle travaillait et se dirigea vers le bureau du directeur des ressources humaines.

Lorsqu'elle arriva devant la porte de Zucarelli, une jeune couturière qu'elle ne connaissait que de vue sortit en trombe du bureau, les yeux pleins de larmes.
« Ça promet, » pensa Bérénice. Puis elle haussa les épaules et entra d'un pas résolu.
« Mademoiselle Pichot, » commença le DRH, « je n'ai jamais été d'accord pour qu'on vous embauche. Dites-moi pourquoi je devrais vous garder à Moda Nuova. »

C'est ça, compte sur moi, pensa Bérénice. Mais elle joua quand même le jeu et déroula la liste des vêtements qu'elle avait créés depuis son arrivée dans la société.
« Je crois avoir apporté une modeste contribution à Moda Nuova, même si j'ai sûrement encore beaucoup à apprendre, » conclut-elle.
Zuccarelli la regarda, sa bouche tordue en une grimace méprisante.
« Moi, je trouve que c'est surtout grâce à Paolo Rossi que vous vous en êtes sortie. Nous vous avons offert une formation, alors vous devriez nous en être reconnaissante. »
« Je suis diplômée de l'Institut de la mode de l'université de Lille, Monsieur Zuccarelli, » répliqua Bérénice d'un ton tranchant. « J'avais toute la formation qu'il me fallait à mon arrivée ici. »
« D'après les rumeurs, Rossi et vous, c'est une affaire qui roule ? Si vous perdez votre boulot à Moda Nuova, vous aurez au moins quelqu'un pour vous entretenir. »
Bérénice se leva, tellement en colère qu'elle en tremblait.
« Je n'ai nul besoin d'être entretenue, monsieur, » dit-elle à travers ses dents serrées, « je gagne ma vie en tant que styliste et j'ai bien l'intention de continuer. »
Zuccarelli haussa les épaules.
« Je vous suggérais juste une solution pratique. »

Le souffle de Bérénice était toujours saccadé. Impossible de décolérer face à l'arrogance de cet homme.
« Ne vous avisez pas de dire quoi que ce soit sur ma vie personnelle, » dit-elle, les sourcils froncés. « Je ne le tolèrerai pas. »

Zuccarelli se leva à son tour et ouvrit le petit réfrigérateur encastré dans un meuble de bois foncé dans un coin de la pièce. Il se servit une petite bouteille de jus de fruit, mais il ne lui offrit rien.

« Bien. Nous vous aviserons, » la congédia-t-il sans autre forme de procès.

Elle se leva et en trois pas énergiques, elle atteignit la porte du bureau. Cependant, avant de la refermer, elle jeta encore un coup d'œil à l'intérieur.

Debout près du frigo, Zuccarelli leva la main comme pour se lisser les cheveux. Mais pour Bérénice, ce geste ressemblait avant tout à un adieu moqueur.

Chapitre Trente

« Tu aimes les enfants, dis-moi ? »
Le cœur de Bérénice manqua un battement.

Paolo était-il en train de se renseigner sur le genre de famille qu'elle voulait ? Et si c'était le cas, qu'allait-elle bien pouvoir lui répondre ? Elle n'avait jamais encore envisagé la question sérieusement. Après tout, ils ne sortaient ensemble que depuis peu.

« Pourquoi tu me demandes ça ? » avait-elle répondu pour gagner du temps.
« Parce que c'est l'anniversaire de mon neveu Marcolino, ce dimanche, et j'aimerais que tu viennes avec moi. Mon frère a très envie de te connaître. »

Bérénice poussa un discret soupir de soulagement et acheta une voiture télécommandée qui, elle l'espérait, ne ferait pas trop mauvaise figure au milieu des avalanches de cadeaux que le petit garçon ne manquerait sûrement pas de recevoir.

L'appartement d'Emanuele et Patrizia était un penthouse qui occupait tout le dernier étage d'un immeuble ultra-moderne. Sa terrasse donnait sur la « Mole » toute proche, l'immense tour se terminant en aiguille qui abritait le musée du cinéma. Pour Bérénice, c'était une première. Elle était un peu émue à l'idée de rencontrer la famille de Paolo.

Emanuele l'accueillit chaleureusement. Avec sa morphologie finement musclée de joueur de tennis professionnel et sa mâchoire carrée, c'était un homme séduisant.

Patrizia, sa compagne et manager, veillait d'ailleurs sur lui avec un soin jaloux, ostensiblement parce qu'il devait jouer un match difficile à Wimbledon bientôt, mais surtout, pensa Bérénice, pour éviter qu'une autre femme lui fasse tourner la tête.

« Je suis très heureux de voir Paolo en d'aussi bonnes mains, » dit Emanuele après que Bérénice eut échangé quelques mots avec lui.
« Et moi, je tiens à vous remercier pour le weekend à Venise et la Ferrari. »
Il sourit, et lui offrit le premier baisemain de toute sa vie.
« Tout le plaisir était pour moi, » dit-il avant de s'éclipser et de rejoindre Paolo, qui se tenait près du buffet.

oOo

Paolo avait la bouche pleine de tartelette à la fraise lorsqu'il vit son frère approcher.

« Bérénice m'a remercié pour le week-end à Venise et la Ferrari, » dit Emanuele avec un clin d'œil amusé.
Paolo se dépêcha d'avaler sa bouchée.
« Tu as vendu la mèche ? »
« Ton secret ne risque rien avec moi, » dit son frère en lui tapant sur l'épaule. « Elle est vraiment charmante, tu as bien de la chance. »

oOo

Marcolino avait invité une dizaine de ses petits copains et copines, et la plupart de leurs parents étaient présents aussi.
« Vous êtes la maman de qui ? » demanda à Bérénice un homme jeune aux cheveux déjà complètement gris. Son bouc soigneusement taillé était encore brun, en revanche.
« De personne, » dit-elle en souriant.
« Alors comment connaissez-vous Marcolino ? » poursuivit-il.
« Par son oncle, Paolo. »
« Le frère d'Emanuele, donc. Vous devez être une amie de Maria Cristina, la femme de Paolo, non ? D'ailleurs, je crois qu'elle vient d'arriver. Je l'ai aperçue tout à l'heure. »

Bérénice sentit distinctement son plexus solaire se bloquer. La femme de Paolo ? Pendant un quart de seconde, elle se retrouva bouche ouverte, comme un poisson. Puis elle se reprit.

« Je pensais que Paolo avait divorcé, ou était en train de divorcer, » dit-elle d'une voix blanche.
« Maria Cristina et Paolo sont toujours mariés, je vous l'assure, » dit le jeune homme, en la regardant droit dans les yeux. *Il est l'image même de la sincérité*, se dit Bérénice.
« Dites-moi où se trouve son épouse, je voudrais bien faire sa connaissance. »
« Je les ai vus ensemble, tout à l'heure, » dit le jeune homme. « Voilà, je les ai retrouvés. »

L'inconnu lui indiqua, tout au bout de l'immense terrasse, une grande brune aux cheveux très courts et aux traits réguliers. La femme était en grande conversation avec Paolo, et lui, debout près d'elle, semblait lui parler avec animation, à toute vitesse. Il lui toucha l'épaule, et elle se mit à rire.

« Elle s'appelle Maria Cristina, » dit le jeune homme d'une voix doucereuse. « Ils sont mariés depuis trois ans, vous savez. Et vous, depuis quand connaissez-vous Paolo ? Quelques semaines, il me semble, non ? »

Pétrifiée, Bérénice ne se demanda même pas comment cet inconnu pouvait avoir de telles informations sur ses relations avec Paolo.

Elle vit la femme poser sa main sur celle de Paolo et ce geste intime la sortit enfin de sa transe. Elle se secoua et fit quelques pas vers eux, décidée à les confronter tous les deux à sa présence. Mais comme elle avait changé de position, Paolo et cette femme inconnue n'étaient plus dans son champ de vision.

Bérénice traversa toute l'étendue du vaste salon comme dans un rêve. Elle s'excusa machinalement auprès de deux personnes qu'elle venait de bousculer, puis elle évita des enfants qui se poursuivaient en poussant des cris de Sioux.

« Une coupe de champagne ? » lui proposa un serveur en gants blancs. Elle fit non de la tête et le contourna aussi vite qu'elle put au milieu des grappes d'invités.
Les yeux fixés sur son objectif, elle faillit tomber lorsqu'elle trébucha sur une petite voiture abandonnée en plein milieu du tapis persan.

« Je n'y crois pas, » marmonna-t-elle à voix basse, « je ne vais jamais arriver à ce foutu balcon, ou quoi ? »

Elle parvint enfin à la porte-fenêtre, et la trouva fermée. Elle tourna la poignée d'une main rageuse. La terrasse était vide.

Où étaient-ils passés ? Qui était cette femme ? Et que faisait Paolo avec elle ? Il lui avait dit qu'il était sur le point de divorcer, et elle n'avait pas cherché à en savoir davantage. Et voilà qu'il disparaissait avec cette femme qui était, paraît-il, Sa Femme, rien de moins ?

Tout recommençait. L'horreur qui s'était abattue sur elle quand elle avait appris que Kenneth était un homme marié. Se pouvait-il que la même chose lui arrive une deuxième fois ? L'univers pouvait-il jouer avec elle à ce point-là ? Et surtout, comment Paolo avait-il pu lui faire ça ?

Le temps s'arrêta pour elle. Elle avait soudain compris. Il était encore marié. C'était donc pour cela qu'il ne l'emmenait jamais chez lui.

Est-ce qu'il y avait une seule chose de vraie dans tout ce qu'il lui avait dit ?

Le cœur de Bérénice se serra d'un coup, et elle eut de nouveau le souffle coupé. Son corps se pliait de douleur, comme si elle avait reçu un coup de poing en plein milieu de la poitrine. Elle avait besoin de fuir, de se réfugier dans un abri sûr, où personne ne pourrait la trahir.

Les yeux pleins de larmes qu'elle ne parvenait plus à refouler, la respiration entrecoupée de sanglots, elle navigua entre les groupes d'enfants et d'adultes jusqu'à ce qu'elle trouve enfin la sortie.

Elle ne pouvait rester une seconde de plus ici.

Chapitre Trente-et-Un

Maria Cristina Loos était venue à l'anniversaire de Marcolino sans y être invitée. Pendant sa vie de femme mariée, elle avait noté toutes les dates d'anniversaire de la famille de Paolo. Puis quand ils s'étaient séparés, elle les avait précieusement conservées. Ça pouvait toujours servir. Comme aujourd'hui.

Paolo refusait systématiquement de prendre ses appels, et il avait même changé de numéro de téléphone. Alors elle avait fait le pari qu'il serait à l'anniversaire de son neveu et elle s'était imposée. Au moins, ainsi, elle pourrait lui dire ce qu'elle avait à lui dire.

Elle aimait toujours Paolo, c'était ça, sa vérité à elle.

Elle avait fait traîner la procédure de divorce un maximum, et elle avait exigé le paiement de prestations compensatoires énormes, exprès, pour qu'il ne puisse pas facilement tirer un trait sur leur histoire d'amour.

Parce que même lorsqu'elle l'avait accusé de la tromper, c'était encore une façon de lui dire « je t'aime, occupe-toi de moi un peu plus, et de ton travail un peu moins. »

C'est vrai, elle était jalouse de toutes les femmes qui tournaient autour de Paolo, mais c'était par amour, rien d'autre. La victime, c'était elle, Maria Cristina.

Elle l'avait entraîné sur le balcon pour lui dire tout ça, une mimique suppliante sur le visage.
« Je t'aime encore, » avait-elle dit, « reviens avec moi. Ce sera différent cette fois-ci. »

Paolo avait appuyé son index sur l'épaule de Maria Cristina pour bien souligner le sens de ses paroles. Son visage à lui était fermé, sa mâchoire rigide de colère.
« Entre nous, c'est terminé. J'ai fait une grave erreur en t'épousant, et je vais la réparer en divorçant. »

Maria Cristina s'était mise à rire. C'était un rire amer, sans aucun atome de joie ou de légèreté. Paolo venait de refuser la main qu'elle lui tendait. Comment osait-il faire ça ?

Elle fut prise tout d'un coup d'une colère profonde, phénoménale, qui détruisait tout sur son passage.
« Si tu vas de l'avant avec le divorce, je te ruinerai, » dit-elle, le visage contracté en un masque grimaçant. « Tu n'auras plus un sou vaillant. Et alors, qui voudra de toi ? »

Paolo la regarda avec un souverain mépris, un mépris tellement évident qu'elle recula involontairement d'un pas.

« Toutes les femmes n'ont pas les dents aussi longues que toi, Maria Cristina. Et réfléchis un peu. Est-ce que tu dirais ce genre de choses si tu m'aimais, comme tu le prétends ? »
« Bien sûr que je t'aime, » dit-elle dans un balbutiement mal assuré.

Puis elle tenta une ultime manœuvre.
« Tout ce que je t'ai dit, c'était sous le coup de la colère, les mots ont dépassé ma pensée. Donne-moi encore une chance, c'est tout ce que je te demande. » Et elle posa sa main sur celle de Paolo, pour tenter de le convaincre.

Paolo se dégagea d'un seul geste brusque et la foudroya d'un tel regard qu'elle recula encore d'un pas, consciente peut-être d'avoir été trop loin. Puis il la saisit par le coude, comme un policier ou un employé de la sécurité l'aurait fait. Il la conduisit dehors sans ménagements.

Aucun taxi ne se trouvait dans les parages, aussi il en appela un lui-même, toujours en lui maintenant le coude dans une prise d'acier. Quand le taxi arriva, il s'assura que Maria Cristina s'y installe et donne l'adresse de son appartement.

Assise à l'arrière de la Citroën C3 du chauffeur de taxi, Maria Cristina baissa la vitre.
« Tu vas t'en mordre les doigts, de m'avoir rejetée, » dit-elle d'un ton venimeux. Sa colère avait pris le dessus sur tout le reste. « Et ce n'est pas cette petite Française qui va te protéger, crois-moi. »

Paolo avait déjà fait demi-tour pour retourner dans l'appartement d'Emanuele, mais quand il l'entendit, il se retourna et la regarda dans le blanc des yeux.

« La plus grande erreur de ma vie, ça a été de croire que tu étais amoureuse de moi, alors qu'en fait tu t'intéressais seulement à la fortune de ma famille, » dit-il, puis il s'arrêta un instant et reprit son souffle. « Mais maintenant, je suis guéri. Guéri de toi, et guéri du mal que tu m'as fait. »
Elle ricana encore.
« Parce que tu crois vraiment que cette petite Française t'aime pour toi-même ? »
Le sang de Paolo ne fit qu'un tour.
« Ne t'avise jamais de parler d'elle comme ça, » dit-il à travers ses maxillaires serrés. « Bérénice n'a rien en commun avec toi. »

Maria Cristina fit une grimace cynique.
« On se reverra au tribunal, » cria-t-elle comme ultime raillerie, puis elle remonta la vitre.

Mais Paolo lui avait déjà tourné le dos. Il reprit l'ascenseur et remonta jusqu'au penthouse

d'Emanuele. Il se précipita sur son frère dès qu'il l'aperçut.
« Tu as vu Bérénice ? »
« Pas depuis un moment. »

De plus en plus anxieux, Paolo se mit à fouiller systématiquement chaque pièce de l'appartement d'Emanuele. Il ne la trouva pas. Bérénice semblait avoir disparu sans laisser de trace.

Soudain, sur un guéridon, il aperçut le casque de moto qu'il lui avait prêté pour le trajet cet après-midi-là. Il le prit et le serra contre lui. Son parfum s'exhala de l'intérieur du casque, et un unique cheveu blond lui chatouilla le nez.

Il se précipita dehors et enfourcha sa moto. Il allait la retrouver, même s'il devait pour cela rouler à deux cents à l'heure.

Chapitre Trente-Deux

« Ah c'est vous, Paolo, » dit Ottavia sans la moindre chaleur lorsqu'elle ouvrit la porte et le vit debout devant sa porte. « Que puis-je faire pour vous ? »
« Je voudrais parler à Bérénice. Vous pouvez lui dire que je suis là ? »
« Je suis désolée, elle n'habite plus ici, » dit Ottavia, et elle lui referma la porte au nez.

Paolo s'appuya de toutes ses forces sur la sonnette. Cette fois, ce fut un homme aux cheveux blancs qui vint ouvrir. *Giorgio,* se souvint-il.
« Comment avez-vous pu lui faire ça ? » demanda Giorgio, les sourcils froncés et le regard sévère.
« Mais lui faire quoi ? »
« Si vous ne le savez pas, ce n'est pas moi qui vais éclairer votre lanterne. »
Paolo le regarda, comme frappé par la foudre.
« Pouvez-vous au moins me dire où elle est partie ? »
« Elle ne veut plus vous parler, Paolo. »

L'homme ferma la porte, et cette fois Paolo sut que c'était définitif. Un éclair de compréhension le fit vaciller et il eut besoin de s'asseoir sur le perron.

Bérénice a dû me voir avec Maria Cristina et s'imaginer des choses qui n'existent pas. Ou alors quelqu'un lui a présenté Maria Cristina comme ma femme. Peut-être bien un complice de Maria Cristina, d'ailleurs.

Mais pourquoi, pourquoi ne lui ai-je pas tout raconté dès le départ ? se dit-il, désespéré. *Et comment faire pour la retrouver ?*

oOo

Dans le wagon du TGV, Bérénice s'installa sur son fauteuil en essayant de trouver la meilleure position possible.

En sortant de chez Emanuele, elle avait sauté dans un taxi qui l'avait amenée jusqu'à la maison d'Ottavia en un temps record. Elle s'était précipitée dans sa chambre et avait jeté quelques affaires dans un sac de voyage.

Elle avait hésité à prendre la robe que Paolo avait créée pour elle, et en fin de compte elle l'avait laissée en vrac sur le lit. C'était une belle robe, mais maintenant elle était imprégnée d'une aura maléfique. Celle de Paolo, marié à cette grande brune. Rien que d'y penser, elle en eut la nausée.

Elle descendit dans le hall avec sa valise à la roulette cassée à la main, et se dirigea vers le salon. Ottavia

y était certainement. Bérénice y trouva Giorgio aussi ; il semblait maintenant faire partie intégrante de la maisonnée. Tant mieux, comme cela elle ferait d'une pierre deux coups et elle les saluerait en même temps.
« Je suis venue pour te faire mes adieux, » dit-elle à Ottavia.
Celle-ci la regarda, stupéfaite, puis elle se tourna vers Giorgio, les sourcils arqués, comme pour lui dire « tu y comprends quelque chose, toi ? » Il y avait sûrement eu un événement grave qui avait déclenché ce départ précipité.
« Que t'est-il arrivé, Bérénice ? » dit Ottavia avec douceur. « Est-ce que tu as reçu de mauvaises nouvelles de France ? »
En entendant Ottavia évoquer sa famille, les yeux de Bérénice s'embuèrent.
« Mes parents vont très bien, » dit-elle, « le problème, c'est Paolo. »

Un sanglot la secoua, mais elle fit de son mieux pour l'étouffer. Elle sortit un kleenex de la poche externe de son sac, se moucha, puis l'y remit pour s'éviter un voyage jusqu'à la poubelle de la cuisine. A grands traits, elle leur raconta tout ce qu'elle venait de voir sur la terrasse d'Emanuele.
« Paolo est marié, et c'est une idée que je ne supporte pas, » conclut-elle.

Giorgio semblait moins convaincu qu'Ottavia.

« Mais tu es sûre que c'est sa femme ? » dit-il, en la fixant par-dessus ses lunettes à monture d'écaille.
« On ne parle pas à une amie comme il le faisait, » dit Bérénice, et elle frissonna au souvenir de l'intensité qu'elle avait perçue lorsque Paolo parlait à l'inconnue.
« Mais pourquoi ne pas demander des explications à Paolo ? »
« Je ne supporte plus l'idée de le voir, et encore moins de lui parler, » dit Bérénice d'un ton sans réplique. « Je m'en vais tout de suite. J'ai besoin de me protéger de lui. »
« Et tu vas où ? »
« Je rentre en France. S'il vient me chercher, ne lui dites pas où je suis, » dit-elle en se levant. « J'ai appelé un Uber, il devrait arriver dans quelques minutes. »

Ottavia se leva d'un bond.
« Attends-moi juste deux secondes, » dit-elle, et elle grimpa l'escalier quatre à quatre. Elle en redescendit quelques instants plus tard, en tenant dans sa main la robe que Paolo avait créée pour Bérénice.
« J'étais sûre que tu allais la laisser ici, » dit-elle. « Prends-la avec toi. »
« Mais c'est Paolo qui m'a offert cette robe, » protesta Bérénice, « si je la mets, je vais penser à lui, et je n'en ai aucune envie. »
« Au contraire. Mets-la pour séduire un autre homme, » dit Ottavia en pliant la robe et en la

fourrant d'autorité dans la valise à roulettes de Bérénice. « Ce sera une vengeance bien plus efficace. »

Puis Ottavia et Giorgio la serrèrent dans leurs bras et lui firent promettre de leur donner de ses nouvelles le plus souvent possible.

Debout sur le pas de la porte, ils la regardèrent pendant que le taxi démarrait et emmenait la jeune femme très loin de chez eux.

oOo

Bérénice avait eu de la chance en achetant son billet en ligne au dernier moment. Elle était presque seule dans le wagon, et seule à occuper un espace à quatre places. Elle déposa son sac dans le compartiment à bagages et s'adossa à son siège. Elle serait à Paris quelques minutes avant minuit.

Le train qu'elle avait pris in extremis faisait le voyage en un peu moins de six heures au lieu des cinq heures vingt-neuf du TGV qu'elle avait emprunté pour venir à Turin. *Ça me laissera le temps de réfléchir*, pensa-t-elle. Elle eut un petit pincement au cœur en pensant à tous les espoirs qu'elle avait eus en quittant Paris. A l'aller, elle avait aussi rencontré Giorgio.

J'ai au moins fait une chose de bien, se dit-elle, en pensant au joli couple que formaient maintenant Ottavia et Giorgio. *Quant à mon couple à moi, c'est la cata la plus absolue*, pensa-t-elle en réprimant un sanglot. Sa douleur était toujours aussi vive, mais le fait d'avoir pris la fuite, de ne plus être obligée de voir Paolo, atténuait un peu la peine de la trahison.

Elle saisit son téléphone pour envoyer un texto à sa meilleure amie.

« Margaux, coucou ! Je peux dormir chez toi ce soir ? mon séjour risque de durer un peu....»

Les trois points gris entamèrent leur petite danse sur son écran pendant que Margaux rédigeait sa réponse.

« Aussi longtemps que tu veux...*Mi casa es tu casa.* »

Merveilleuse Margaux. Il lui a fallu moins de trente secondes pour voler à mon secours, songea Bérénice.

Elle avait encore un message à écrire, pour annoncer son départ au DRH de Moda Nuova. Une vraie corvée, mais il fallait s'y coller.

Et voilà. Elle avait fait table rase de tout ce qu'elle avait acquis à Turin.

Elle ôta ses chaussures, remonta l'accoudoir central et se pelotonna sur les deux sièges réunis. Avec tout ce qui lui passait par la tête, Bérénice s'attendait à rester réveillée pendant tout le trajet, alors autant s'installer confortablement, pensa-t-elle.

Cependant, la bourrasque de stupéfaction et de chagrin qu'elle venait de subir, ainsi que le rythme régulier des roues sur les rails eurent raison d'elle. *Je réfléchirai à tout ça demain*, se dit-elle en sombrant dans un demi-sommeil protecteur. Elle s'endormit presque immédiatement.

Bérénice prit encore un Uber et arriva vers minuit et demi dans le petit appartement de Margaux, non loin du Père Lachaise. Son amie lui ouvrit la porte et prit tout de suite Bérénice dans ses bras.
« Raconte-moi tout, » lui dit-elle.
« Ça ne peut pas attendre demain ? » dit Bérénice en baillant. Elle avait l'impression d'avoir été passée à l'essoreuse grande vitesse au cours des douze dernières heures. Son amie avait déjà déplié le canapé-lit et y avait mis des draps frais. Ç'aurait été si bien de s'y allonger et de dormir vingt-quatre heures d'affilée au moins.

« Si tu es là ce soir, c'est qu'il t'est arrivé quelque chose, » dit Margaux. Comme toujours, son intuition tapait dans le mille. « Il faut mettre des mots dessus le plus vite possible si tu ne veux pas que ça te hante plus tard. »

« Tu as sûrement raison. »
« Bien sûr que j'ai raison. Et en plus, tu m'as écoutée à chaque fois que j'ai rompu, moi, alors je te le dois bien. »

Margaux mit en marche la vieille bouilloire électrique. Entartrée comme elle l'était, elle produisait un grondement de tonnerre.
« Camomille ou tilleul menthe ? » demanda-t-elle.
Puis lorsqu'elles eurent chacune une infusion fumante à la main, elles s'installèrent à deux des extrémités du canapé-lit. Pour la seconde fois, Bérénice raconta la découverte qu'elle avait faite cet après-midi-là, et l'effet que ça avait eu sur elle.

Avoir perdu Paolo, c'était toujours comme une épine qui lui perçait le cœur, mais même si ses yeux s'embuèrent à plusieurs reprises, elle ne pleura pas. Son chagrin était entré dans une nouvelle phase. Celle de la colère.

Margaux l'avait écoutée sans l'interrompre ni lui poser de questions. Ce fut seulement lorsque le flot de paroles de Bérénice se tarit qu'elle demanda :
« Mais tu n'as pas parlé à Paolo depuis ? »
Bérénice lui montra son téléphone. Il l'avait appelée quarante-cinq fois depuis la fin de l'après-midi. Elle avait rejeté chacun de ses appels.
« Je l'aime trop, tu comprends ? Ça me fait trop mal. Je préfère tirer un trait sur lui. »

« Et s'il y avait une explication logique à ce que tu as vu ? »
« Un des invités m'a dit que Paolo était avec sa femme, et il m'a même dit comment elle s'appelait. Je n'ai pas voulu y croire, mais il me les a montrés, et je les ai vus de mes yeux, tous les deux seuls sur la terrasse.
« Ça ne prouve rien. »
« A la façon dont ils parlaient, j'ai bien vu qu'ils étaient proches. Crois-moi, je ne me suis pas trompée. »

Chapitre Trente-Trois

Cinq mois plus tard

Dès le lendemain de son retour à Paris, Bérénice s'était mise à chercher un emploi. Même si Margaux était la générosité incarnée, elle préférait éviter de vivre à ses crochets. Elle avait repris son CV pour y intégrer son expérience à Moda Nuova. Un beau rêve qui s'était terminé en queue de poisson pour elle. Mais elle ne se laisserait pas abattre.

Seulement voilà, malgré toute sa volonté de s'en sortir, le marché de l'emploi parisien lui faisait grise mine. C'était le mois de juillet, puis c'était le mois d'août, se disait-elle pour justifier le peu de succès de ses recherches.

Elle avait obtenu quelques missions temporaires, surtout lors de la fashion week fin septembre. Puis en octobre, elle avait accepté une mission de trois mois en tant qu'hôtesse d'accueil à mi-temps au parc des expositions de la porte de Versailles. *Ça me laissera le temps de chercher un boulot dans ma branche,* s'était-elle dit.

En ce soir de novembre, gris et pluvieux, le petit appartement de Margaux était chaud et accueillant. Elle s'était habituée à déplier le canapé-lit tous les soirs, puis à le replier le matin. Margaux était sortie pour rejoindre son copain, si bien qu'elle avait une longue soirée solitaire en perspective.

Elle répondit à quelques annonces qui lui semblèrent prometteuses, puis elle s'aperçut qu'il était vingt et une heures et qu'elle n'avait toujours pas dîné. Heureusement, Margaux avait un paquet de cookies au chocolat dans son minuscule placard de cuisine. *Ça fera l'affaire*, pensa-t-elle.

Elle en grignota un et se connecta à Instagram sur son portable. Cela faisait plusieurs semaines qu'elle n'avait pas alimenté son compte, prise comme elle l'avait été par ses missions d'intérim. Un peu découragée aussi par la façon dont sa vie évoluait.

Quand elle releva la tête, elle s'aperçut avec stupeur que deux heures venaient de s'écouler. Le paquet de cookies était vide. *J'étais bien, sur Instagram,* se dit-elle en retrouvant avec peine la réalité.

Elle avait regardé un compte consacré à la mode japonaise, qui montrait des clichés de tenues excentriques portées par de jeunes élégantes à Tokyo. Elle avait posté des photos des modèles qu'elle avait créés pour Moda Nuova. Tant pis si les nouveaux propriétaires lui faisaient un procès pour ça, ces modèles, elle les avait inventés, elle avait bien le droit de les mettre en ligne.

Elle avait complètement oublié son compte en banque à sec et son statut de SDF. Pendant ses études, un prof leur avait affirmé que les contacts en ligne augmentaient de soixante-quatre pour cent le sentiment d'euphorie. Elle ne se sentait pas vraiment euphorique, mais ça lui avait bien changé les idées. C'était toujours ça.

Le lendemain, Bérénice reprit ses recherches d'emploi. Elle alla déposer son CV personnellement dans les maisons de mode qu'elle connaissait. Elle parcourait à pied la rue du Faubourg Saint Honoré pour passer d'une maison de couture à une autre, mais au bout d'un moment, elle ne fut plus capable de se concentrer. Je continuerai demain, se dit-elle.

Le son cristallin qui annonçait un texto retentit alors qu'elle se dirigeait vers une bouche de métro.
Tu es libre ce soir, j'espère ? lui écrivait Margaux.

Évidemment que je suis libre, pensa Bérénice. Comment pourrait-il en être autrement ? Depuis Paolo, elle n'était sortie avec personne, et ça faisait déjà cinq mois. Elle regarda les trois petits points se mouvoir sur l'écran de son téléphone pendant que Margaux continuait à lui écrire.

Parce que tu es invitée à dîner au Nid de poule. Et mets une jolie robe, il y aura un invité-surprise.

Un invité-surprise ? Qui ça pouvait bien être ? Peut-être son nouveau mec, même si ça étonnait Bérénice qu'elle veuille déjà le lui présenter. Ça devait être le gros coup de foudre mutuel alors. Ça ne plaisait pas tant que ça à Bérénice de tenir la chandelle, mais elle répondit qu'elle y serait.

Le Nid de poule, c'était le restaurant où Margaux avait été serveuse pendant ses premières années d'études. Le chef mitonnait une cuisine délicate, pleine de saveurs qui explosaient dans la bouche.

Et comme il avait toujours eu de l'affection pour elle, il la soignait tout particulièrement quand elle dînait chez lui. Et tous ses amis aussi. C'était à chaque fois une fête d'y aller avec Margaux.

Cette fois, Bérénice n'avait pas du tout envie de faire la fête, mais elle venait surtout pour que Margaux ne se fasse pas trop de souci à son sujet.

Bérénice arriva au Nid de Poule quelques minutes après l'heure prévue. Margaux était déjà là, ravissante comme toujours.
« Tu as mis la robe de Paolo ! » s'exclama-t-elle lorsqu'elle vit Bérénice. « Tu es magnifique. »

La robe qu'il lui avait dessinée ressemblait à un morceau de tissu tout simple, quand on la voyait sur un cintre, mais dès que Bérénice la portait, elle mettait en valeur son corps comme par magie. Chaque pli se drapait à la perfection sur ses hanches et ses seins, et l'ourlet s'arrêtait au-dessus des genoux, exactement à la bonne hauteur.

Bérénice l'avait essayée ce soir pour voir si elle supportait tous les souvenirs qu'elle évoquait pour elle – la façon dont Paolo lui avait pris ses mesures, comment il lui avait pris la main pendant les chansons chez Ottavia, et puis Venise, ah Venise…

Stop, s'était-elle dit en se regardant dans le miroir. *Ce n'est qu'un bout de tissu.* Même si, dans son élégante simplicité, la robe était éblouissante.

« Ton copain arrive bientôt ? » demanda Bérénice en prenant place auprès de son amie.
« Thomas ? Il n'est pas là ce soir. »
Bérénice fronça les sourcils, déconcertée.
« Ce n'était pas lui, l'invité surprise ? Je croyais que tu allais me le présenter. »
« Chaque chose en son temps. Ce soir tu rencontres quelqu'un, mais pas pour la première fois. »
« Tu vas me dire qui c'est ? Je déteste les devinettes. »

Margaux se contenta de regarder Bérénice sans répondre, un sourire sibyllin sur ses lèvres. Ce fut le

moment que choisit le serveur pour leur demander si elles désiraient des apéritifs. Elles commandèrent chacune un verre de Chablis, mais le chef lui-même vint à leur table, en portant deux coupes de champagne.
« Offert par la maison, » dit-il en faisant la bise à Margaux. « Et ce soir, vous devez absolument goûter mon risotto aux cèpes. »
« Ça tombe bien, j'adore ça, » répondit Margaux.

Tout d'un coup, Bérénice sentit un regard qui la vrillait tant il était intense. Elle tourna la tête et son cœur fit un bond dans sa poitrine. C'était Kenneth, et il venait droit sur leur table.

Le simple fait de le voir provoqua une telle tension en Bérénice qu'elle eut l'impression que ses côtes formaient une prison autour de ses poumons et l'empêchaient de respirer à fond. *Mais qu'est-ce qu'il fait ici* ? *Qui l'a invité* ? se demanda-t-elle, affolée.

« J'adore ta robe, » dit-il sans même s'embarrasser d'un s*alut* ou d'un *bonsoir* et il se pencha vers Bérénice pour l'embrasser. Elle se recula si vivement qu'elle renversa sa coupe de champagne sur la nappe. Le serveur accourut avec des serviettes en papier pour éponger ce que le linge de table n'avait pas absorbé.
« N'aie pas peur, enfin, je ne vais pas te manger, » dit Kenneth. Et il se glissa sur la banquette de

velours rouge, à côté de Margaux et en face de Bérénice.

Elle jeta à Kenneth un regard furibond, puis elle se tourna vers Margaux. Ses yeux lançaient des éclairs.
« Du calme, » lui dit Margaux tout bas, « j'ai l'impression que tes yeux pourraient me carboniser. »
« Quand je pense que je te considère comme ma meilleure amie. Comment as-tu pu me trahir comme ça ? » chuchota Bérénice.
« Rappelle-moi depuis combien de temps tu n'es pas sortie avec un mec, cinq mois, c'est ça ? »
« Ce n'était pas une raison pour organiser ce guet-apens, » lui dit-elle à mi-voix. Elle ne pouvait pas se permettre de hurler et d'attirer les regards dans ce restaurant à l'atmosphère feutrée.
« Tu te trompes, » répondit Margaux d'un ton très vif, mais toujours en évitant d'élever la voix, « j'essaye seulement de te faire comprendre que Kenneth a changé. Et tu n'aurais jamais accepté de venir si je t'avais dit qu'il serait présent. »

Kenneth sentait bien que les deux jeunes femmes étaient en train de parler de lui. Il appela le serveur et commanda un gin-tonic. Il devait avoir besoin de se donner une contenance. Puis il se lança. Il avait des explications à fournir et il le savait.

« J'ai divorcé maintenant, » dit-il d'un air contrit. « J'avais besoin de te le dire. Et comme tu ne réponds jamais quand je t'appelle… »
« Je ne vois pas ce que ça change, que tu aies divorcé. Tu es toujours le même immonde cloporte qui a oublié de me dire qu'il était marié. »
« C'est vrai, j'ai merdé, mais j'étais tellement amoureux de toi. »
« Je vois, en somme si tu m'as menti, c'est à cause de moi, » dit Bérénice, outrée par la façon dont il se justifiait.
« J'ai eu le coup de foudre pour toi. Le vrai, profond. Si je t'avais dit que j'étais marié, je t'aurais perdue. »
« Mais au moins je n'aurais pas eu l'impression de me faire avoir. Et ta femme, tu y as pensé, à ta femme ?»
La voix de Bérénice était tendue mais restait quand même à peine plus forte qu'un chuchotement.
« Justement, je lui ai tout avoué. C'est pour ça que c'est terminé entre nous. »
« Au moins une fois dans ta vie, tu as été honnête. »
« Je me suis installé à Paris depuis deux mois pour essayer de recoller les morceaux avec toi. Crois-moi, Bérénice, notre histoire à tous les deux, ça a été la seule et unique depuis que je me suis marié. Et elle a été tellement extraordinaire que j'ai pris le risque de ne pas te parler de mon mariage. J'avais trop peur que tu ne veuilles plus de moi. »
« Tu te rends compte que c'est ce que font tous les maris qui trompent leur femme ? »

« Je reconnais que j'ai été stupide, pas assez courageux pour dire la vérité au bon moment. Mais j'ai fini par le faire. Et d'ailleurs j'en paie les conséquences. Je ne suis plus marié, mais je ne suis plus avec toi non plus. »
« Ce n'est que justice, » répliqua vertement Bérénice, mais elle sentait que la colère l'abandonnait peu à peu, laissant la place à une certaine satisfaction.

Tu n'as que ce que tu mérites, pensa-t-elle. Elle savait bien que ce n'était pas beau de penser ce genre de choses, mais elle le pensait quand même.

Le reste du repas se passa de façon paisible. Le vin, le risotto crémeux et le tournedos Rossini y étaient pour quelque chose, mais c'était aussi, et peut-être même surtout, parce que Bérénice était soulagée d'avoir pu dire à Kenneth tout ce qu'elle avait sur le cœur. Elle avait pu lui asséner ses quatre vérités, une seconde fois. Du coup, son hostilité était retombée.

« On peut se revoir de temps en temps ? » demanda Kenneth au moment où ils sortirent du restaurant.
« Je vais y réfléchir, » répondit Bérénice sans me mouiller.
Elle voyait bien où il voulait en venir. Apaiser les choses, au minimum, et peut-être recommencer le jeu de la séduction. *Mais remettre le couvert avec quelqu'un qui m'a déjà trompée une fois ? Je ne*

crois pas, non, pensa Bérénice. Elle toucha le tissu de sa robe pour lisser un faux-pli et fut traversée d'une secousse électrique. Elle sursauta, comme si la robe était un être animé, doué de sens.

Même la robe que je porte me ramène à Paolo, pensa-t-elle, *je ne peux pas l'oublier.*

Et Paolo ? Qu'est-ce que j'ai été pour lui ? Une simple poupée qu'on fait valser puis qu'on laisse tomber comme dans la chanson que j'ai apprise chez Ottavia ?

Si c'était vrai, la vie qui s'ouvrait devant elle ressemblerait à un long chemin semé de ronces et d'épines. Parce que Paolo avait élu domicile dans sa mémoire, dans son cœur et dans son corps, et qu'elle n'arrivait pas à l'en déloger.

Chapitre Trente-Quatre

Résidence de Paolo
Quartier Crocetta
Turin

Pour Paolo, le jour où Bérénice avait disparu était devenu le début d'un parcours semé d'épreuves. Ce dimanche-là, le dernier train était parti en emmenant Bérénice, alors il avait pris sa moto et roulé comme un fou sur les routes de montagne pour arriver en France.

Derrière lui, sur le siège passager, il avait solidement fixé le casque de moto que Bérénice avait abandonné chez Emanuele. A chaque fois qu'il faisait une pause, il respirait son odeur à pleins poumons. C'était idiot, mais ça lui donnait le courage de poursuivre sa route vers l'inconnu.

Il l'avait appelée un million de fois sur son portable, mais elle ne prenait jamais l'appel.
« Vous êtes bien sur la boîte vocale du numéro… » récitait le robot, sa voix toujours identique à elle-même. Il avait laissé trois ou quatre messages vocaux et écrit une douzaine de SMS. Tous ses efforts étaient restés sans réponse.

Il avait eu envie de fracasser son téléphone contre un mur pour passer sa colère. Il s'était retenu à temps en pensant qu'il devait garder ce téléphone intact : si jamais Bérénice décidait de l'appeler, il fallait qu'elle puisse le joindre.

Au moins, elle ne l'avait pas bloqué, puisqu'il entendait les sept ou huit sonneries avant que la boîte vocale ne s'enclenche. Il s'efforçait d'y voir une lueur d'espoir.

Il était arrivé à Paris vers deux heures du matin, et il avait poursuivi directement en direction de Lille. Elle avait sûrement eu le réflexe de retourner dans sa famille, avait-il pensé. En tous cas, c'est ce que lui aurait fait s'il s'était retrouvé dans la même situation.

A Lille, il avait choisi la première auberge venue avec un garage surveillé où sa moto serait à l'abri et il s'était abattu sur son lit d'hôtel sans se déshabiller. Il avait dormi comme une masse quelques heures, et il s'était réveillé en sursaut à huit heures du matin, habité par l'urgence de retrouver la femme qu'il aimait.

Comment se sentait-elle ? Où avait-elle dormi ? Tous ses instincts protecteurs étaient en alerte à l'idée que Bérénice souffrait en croyant qu'il l'avait trahie.

Si seulement il pouvait lui parler, lui expliquer, la consoler.

Il ne connaissait pas l'adresse des parents de Bérénice, aussi fit-il une recherche en ligne et collecta les numéros de téléphone de tous les Pichot de Lille et des environs.

Avec plus de deux cent soixante mille occurrences, le premier résultat était décourageant. Mais une fois qu'il eut éliminé tous les doublons et les mentions multiples, il se retrouva avec un fichier de soixante-quinze noms, beaucoup plus gérable.

A chaque fois que quelqu'un décrochait, il demandait à parler à Bérénice. Lorsque personne ne répondait, il mettait un petit astérisque à côté du nom pour rappeler dans la soirée. Cependant, il n'eut pas besoin de le faire. Le trente-quatrième appel fut le bon.
« Qui la demande ? » dit la voix de femme à l'autre bout du fil.
« Un collègue de Turin, » répondit Paolo.
« Mais, voyez-vous, elle se trouve à Turin en ce moment. Comment se fait-il que vous la cherchiez en France ? »
« Je pensais qu'elle était rentrée en France, » dit Paolo sans s'avancer davantage. Il remercia et raccrocha.

Elle n'était pas à Lille et ses parents ne savaient pas qu'elle avait quitté Turin. Il ne restait qu'une autre possibilité, Paris, pensa-t-il. Elle y avait vécu et travaillé. Il savait que sa meilleure amie y vivait.

Il se creusa la cervelle pour se souvenir de son nom. Un nom de vin, il se le rappelait. Bérénice lui avait raconté que le père de son amie avait rencontré sa mère lors d'une visite des caves du château où l'on produisait ce vin. *Romantique, non* ? avait-elle commenté, tandis que lui n'y avait vu qu'une autre façon de boire un verre ensemble, à peine moins prosaïque qu'un bar.

Il savait que c'était un grand vin. Mais qu'est-ce que ça pouvait bien être ? Il connaissait quelques noms de vins italiens, le prosecco, le chianti ou le Nero d'Avola, mais sa science ne s'étendait pas aux vins français. A part le bordeaux, il ne connaissait rien.

Il fallait retourner sur Google. De tous les vins qu'il y trouva, il élimina tous les noms comme Champagne, Châteauneuf du Pape ou Haut Médoc, qui pouvaient difficilement être attribués à des enfants.

Vouvray ou Chardonnay lui parurent offrir un son assez musical pour être des noms de fille. Mais ce n'étaient pas des vins assez précieux.

Quand enfin il tomba sur le Château Margaux, il comprit immédiatement qu'il avait trouvé la bonne réponse. Ce prénom existait en plusieurs langues, seule l'orthographe changeait. L'amie de Bérénice se prénommait Margaux, il en eut la certitude.

Il quitta son hôtel, reprit sa moto et se remit en route vers Paris cette fois-ci. En chemin, il se mit à penser à tous les obstacles auxquels il allait se heurter.

Retrouver quelqu'un dont on ne connaissait ni le nom de famille, ni l'adresse, ni le numéro de téléphone était une tâche herculéenne. Surtout dans une ville de deux millions d'habitants.

Vaincu par l'ampleur de la tâche, il n'entra pas dans Paris et reprit le chemin de Turin. Sa quête s'était avérée vaine.

oOo

La douleur sourde d'avoir perdu Bérénice restait toujours en arrière-plan dans l'esprit de Paolo. Et pourtant, la vie à Moda Nuova avait été mouvementée. La nouvelle direction avait vite jeté l'éponge et mis en faillite la société de mode à l'histoire si glorieuse. A l'approche de Noël, Paolo se retrouvait sans travail, comme l'ensemble de ses collègues.

Il avait convaincu son père de lui avancer les fonds pour reprendre Moda Nuova et remettre la société sur pied. Ainsi, il pourrait réembaucher ses collègues, et il était sûr de pouvoir mener cette boîte vers l'équilibre financier et le succès. Mais tout cela ne prendrait corps qu'en janvier de l'année suivante.

Maria Cristina, malgré toutes ses menaces, n'avait pas réussi à le ruiner, comme elle l'espérait.

Lorsqu'ils s'étaient mariés, elle avait dit qu'elle était enceinte. Elle avait perdu l'enfant juste après le mariage, mais elle n'avait jamais eu le moindre regret.

Lui, cette perte l'avait abattu, tandis qu'elle avait gardé un calme olympien. Elle refusait d'y penser et encore moins d'en parler. Plus tard, Paolo s'était demandé s'il y avait vraiment eu un enfant.

Il s'était adressé à un docteur en biologie qu'il connaissait pour mener sa petite enquête. Le résultat avait été édifiant. Le biologiste avait effectué quelques recherches dans des bases de données nationales, et il n'avait trouvé aucune trace de la grossesse de Maria Cristina. Ni test, ni examen prénatal, ni trace de traitement post fausse couche.

Alors quand elle avait voulu faire valoir la perte supposée de cet enfant pour augmenter encore la somme qu'elle demandait, Paolo avait produit le témoignage du biologiste. Le juge avait puni sévèrement cette tentative de fraude.

Paolo soupçonnait aussi que Maria Cristina avait eu vent de sa relation avec Bérénice et qu'elle avait embauché un complice pour la faire dérailler. C'était sûrement cette personne qui avait instillé le doute dans l'esprit de Bérénice le jour de l'anniversaire de Marcolino. Il n'avait pas pu le prouver, mais le sourire satisfait de son ex-femme quand il le lui avait reproché était une confirmation suffisante. Le pouvoir de nuisance de cette femme était effroyable.

Le divorce était maintenant définitif. Mais sans Bérénice, la vie de Paolo n'avait plus ni goût ni saveur. Il repensait à ses cheveux cascadant sur ses épaules comme un flot doré. Quand il la regardait à contre-jour, c'était comme si elle avait un halo autour du visage.

Mais comment la retrouver ? Elle ne prenait jamais les appels qu'il faisait régulièrement, au moins une fois par jour. Elle ne l'appelait jamais non plus.

C'était comme si elle s'était évaporée.

Chapitre Trente-Cinq

Le Carré des Ambassades
Paris, septième arrondissement

L'adresse que Kenneth avait donnée à Bérénice était dans le septième arrondissement, dans un quartier très chic, pas très loin du musée Rodin.

Elle avait déjà vu deux fois les magnifiques sculptures du musée, et elle aimait bien aussi se promener dans le jardin parsemé d'œuvres monumentales en bronze quand il faisait beau. En revanche, elle n'était encore jamais allée manger dans ce restaurant étoilé au Michelin, très, très au-dessus de ses moyens.

Elle emprunta à Margaux une paire d'escarpins aux talons vertigineux et choisit l'une des robes qu'elle avait elle-même dessinées, puis cousues. Elle s'emmitoufla dans son écharpe et son manteau. L'humidité de cette soirée du début de décembre était pénétrante.

Son amie la regarda.
« Tu es superbe, » lui dit-elle avec enthousiasme. « Kenneth a bien de la chance. »

« C'est juste un dîner, rien de plus. »
« Va où ton cœur te portera, » répondit Margaux, et cette mystérieuse maxime troubla Bérénice. Car elle n'était pas sûre que son cœur soit impliqué dans cette soirée.

Lorsqu'elle avait accepté l'invitation pressante de Kenneth, elle l'avait fait un peu parce qu'elle s'ennuyait, seule à la maison presque tous les soirs. Mais pas seulement.

Elle l'avait follement aimé pendant quelques semaines, jusqu'à la révélation qui lui avait brisé le cœur et l'avait immunisée contre lui. Cependant, maintenant qu'il avait réapparu, plein de remords et de contrition, prêt à changer de pays pour la retrouver, son ressentiment faiblissait.

Peut-être que Kenneth était l'homme qu'elle pourrait un jour épouser, après tout. Pourquoi ne pas lui redonner une chance ? Une petite voix intérieure lui cria, *Assez ! Tu ne l'aimes plus, rappelle-toi. Ne le laisse pas te séduire une deuxième fois.* Elle avait secoué sa crinière pour faire taire la petite voix et elle avait quand même accepté de venir au rendez-vous.

Lorsque Bérénice arriva devant le restaurant situé dans une partie très chic du septième arrondissement, elle vit Kenneth devant la porte. Dès qu'il l'aperçut, un sourire se dessina sur son visage. Avec sa mâchoire carrée et sa mèche de cheveux noirs qu'il rejetait en arrière d'un geste nerveux, il était beau. Indéniablement beau. Et quand il fixa ses yeux bleus sur elle, dans la salle aux lumières tamisées, elle sut que l'opération séduction de Kenneth battait son plein.

Chaque table était située dans une alcôve entourée de plantes vertes posées dans d'immenses bacs de bois verni. Lorsqu'elle se glissa sur la banquette de cuir au toucher d'une douceur étonnante, elle eut l'impression qu'ils étaient seuls au monde dans un petit îlot intime. La discrétion du serveur, le seau à champagne posé sur la nappe immaculée, les couverts en argent et les serviettes monogrammées en lin empesé, tout respirait le luxe. Et Kenneth avait poussé le charme à fond.

Mais si Bérénice le trouvait séduisant, sa beauté n'éveillait en elle aucune émotion. Pas de papillons dans l'estomac, pas de jambes flageolantes, aucun flocon de neige tourbillonnant dans sa poitrine. C'était le calme plat.

Kenneth, en revanche, semblait captivé par elle et très à l'aise dans son rôle de chevalier servant. Après la première coupe de champagne, il s'approcha et déposa un baiser sur les lèvres de Bérénice. Elle eut immédiatement envie de prendre ses jambes à son cou.

A quoi bon se raconter des histoires ? Jamais elle ne pourrait retomber amoureuse de Kenneth. Elle essaya de s'imaginer en train de faire l'amour avec lui, mais elle s'aperçut qu'elle pouvait se le représenter nu des pieds à la tête sans ressentir le moindre trouble. Et ce baiser qui venait comme un cheveu sur la soupe.

Elle lui fit un sourire comme elle savait si bien en faire, précisément ajusté pour lui signifier qu'il se fourvoyait en l'embrassant. Kenneth comprit sans doute, car il ne s'aventura pas davantage.

Bérénice se contraignit à rester assise, à goûter les mets délicats, à tremper ses lèvres dans son verre de vin. Elle refusa un dessert, et prétexta un mal de tête pour rentrer plus tôt. Elle ne voulut pas qu'il la raccompagne.

Elle s'engouffra dans le métro et changea à Gare Saint Lazare pour prendre sa correspondance. Un mendiant tendait sa sébile dans le long couloir qui menait à la ligne trois. Elle l'entendit chantonner des paroles incohérentes.

Bérénice eut soudain la sensation qu'elle devait absolument aider cet homme. Elle fouilla dans son sac et lui donna une pièce. L'homme la regarda de ses yeux profondément enfoncés dans leurs orbites. Son visage était tanné par la dure vie de la rue.

« Tu as besoin de lui autant qu'il a besoin de toi, » dit-il en énonçant clairement chaque mot. Puis il recommença à marmonner des invectives incompréhensibles.

La jeune femme s'éloigna, secouée par ce qu'elle venait d'entendre. Les paroles du mendiant l'avaient immédiatement fait penser à Paolo.

A-t-il besoin de moi ? Je ne le pense pas, non. Et moi, ai-je besoin de lui ?

Une image très nette de son visage aux traits bien dessinés s'imposa à elle, et l'amena à se souvenir de sa peau contre la sienne et de ses bras autour de sa taille.

Ce dîner avec Kenneth avait été une erreur, mais il lui avait au moins prouvé une chose.

Paolo régnait toujours en maître sur ses pensées et sur son cœur.

Chapitre Trente-Six

« Tu veux bien faire une partie de Uno avec nous ? » demanda Marcolino.
« Oui, juste une partie, allez, s'il te plaît, » renchérit Tonino avec un sourire irrésistible. Paolo dut se faire violence pour ne pas céder.
« Il est trop tard, maintenant, il est l'heure d'aller au lit, » dit-il en déposant un baiser sur le front de chacun de ses neveux. Leur baby-sitter les prit par la main pour les emmener dans leur chambre, et Paolo se rencoigna dans l'immense fauteuil-club où il avait pris place.

« Tu as des nouvelles de Bérénice ? » demanda Emanuele, un verre d'eau minérale à la main. Son entraînement sportif était entré dans sa phase intensive, et l'alcool lui était interdit.

Paolo, lui, ne touchait pas au Campari que son frère lui avait préparé, avec de la glace et une rondelle d'orange. L'hiver et l'absence avaient eu raison de sa bonne humeur, et son frère s'inquiétait à nouveau pour lui.
« Non, toujours rien. »
« Elle joue toujours aux abonnés absents ? »

« Oui. Je lui laisse des messages, elle ne répond jamais. »
« Et son amie, tu n'as toujours pas réussi à l'identifier ? »
« Je n'ai pas cherché. Comment veux-tu que je trouve une meuf dont je ne connais que le prénom dans une ville de deux millions d'habitants ? Je n'ai pas eu le courage de commencer. »
« Tu ne vas quand même pas baisser les bras comme ça. Essaye de te souvenir d'un détail, quelque chose qui pourrait t'indiquer une piste. Je suis sûr que tu en sais plus que tu ne t'imagines. »

Paolo réfléchit, les yeux dans le vague.
« Elle est vietnamienne par sa mère, je crois, » dit-il, « et son père est scandinave. Je m'en souviens, parce que Bérénice m'en avait parlé une ou deux fois. Elle était sûre que je la trouverais très belle. »
« Ok. Son métier, tu t'en souviens ? »
« Seulement qu'elle était encore étudiante. »
« Tu le vois, que tu en sais des choses. Étudiante dans quelle matière ? »
« Alors là… aucun souvenir. »
« Elle a le même âge que Bérénice, plus ou moins, non ? »
« Je suppose. »
« Si elle est encore étudiante à cet âge, c'est qu'elle prépare une thèse, ou bien qu'elle fait médecine. »
« Médecine, non, j'en suis sûr. Je m'en serais souvenu si c'était ça. »

« Alors, il reste les thèses de doctorat, » dit Emanuele d'un ton décidé. « Elles sont connues pour durer des années. Viens, on va la chercher en ligne. »
Paolo fit une moue dubitative.
« Autant chercher une aiguille dans une meule de foin. »
« Fais-moi confiance, » répondit son frère, et il mit en route son IPad ultrafin.

Emanuele commença à insérer des mots-clés dans la fenêtre de recherche et très vite, il poussa un cri de victoire.
« Regarde-moi ça, il y a un fichier centralisé de toutes les thèses de France. Et on peut faire une recherche ciblée. »
« Mais si on n'a que le prénom, ça ne peut pas marcher. »
« J'essaie quand même. »
« Après tout, elle porte un prénom assez rare. Ça réduira peut-être le champ des recherches, » dit Paolo avec un peu plus d'enthousiasme.

Mais quand Emanuele inscrivit « Margaux » dans la fenêtre de recherche, il souffla et poussa un juron.
« Six-cent-trente-cinq résultats. Tu parles d'un prénom rare, » dit-il.
« C'est nettement mieux que plusieurs milliers, » dit Paolo.

Et galvanisé par toutes les informations que son frère venait de dénicher pour lui, il s'attela avec ardeur à la tâche de trier toutes ces Margaux.

Au bout de deux heures de recherches infructueuses, Emanuele bâilla. Il se levait tôt le lendemain.

Paolo prit congé. Il n'avait encore rien trouvé, mais il était plein d'espoir lorsqu'il sortit dans la froide nuit de décembre pour continuer les recherches chez lui.

oOo

Bérénice descendit à la station Père Lachaise et se mit à marcher sur le terre-plein central du boulevard de Ménilmontant. La pluie avait cessé, mais il faisait encore plus froid qu'avant. Bérénice se tordit le pied sur une sorte de boule qui déformait l'asphalte – peut-être une racine souterraine.
« Putain de talons aiguille, » dit-elle, à voix haute, excédée.
Un passant la regarda d'un air goguenard.
« Je te prends dans mes bras jusqu'à chez toi si tu ne peux pas marcher, » dit-il en faisant jouer ses biceps. Son bras droit disparaissait sous des tatouages multicolores.
On ne me l'avait jamais faite, celle-là, pensa-t-elle.
« Je vais me débrouiller, » se dépêcha-t-elle de dire, et elle s'éloigna en claudiquant légèrement.

Dès qu'elle eut refermé la porte cochère, Bérénice enleva ses chaussures pour prendre l'ascenseur jusqu'à l'appartement de Margaux. Elle referma la porte avec un soupir de soulagement, et s'adossa dessus comme si elle venait d'échapper à un danger mortel.

Puis elle se dirigea droit vers la cuisine, ouvrit le placard et saisit la bouteille de Johnny Walker. Cette soirée l'avait profondément déprimée, elle avait besoin de l'aide du whisky pour oublier. Et ce que lui avait dit le mendiant, ça l'avait impressionnée, bien plus qu'elle n'était prête à l'admettre.
« C'étaient juste des mots en l'air, ce n'était quand même pas un oracle, » dit-elle à mi-voix dans la cuisine vide. Seul le silence lui répondit.

Elle remplit un verre à moutarde à moitié et y ajouta des glaçons, mais elle n'attendit même pas qu'ils refroidissent le liquide. Elle but le tout, puis se resservit immédiatement. La torpeur qui l'envahit alors qu'elle sirotait le second verre plus lentement lui sembla douce et bénéfique.

Elle saisit son portable. Comme chaque jour, Paolo lui avait envoyé un SMS. Juste « Appelle-moi, » suivi de trois petits cœurs rouges. Chaque jour, elle effaçait le message après l'avoir lu. Elle n'avait jamais eu le courage de bloquer son numéro. Ni de le confronter à la réalité de sa trahison.

Et si je répondais ? se dit-elle. Elle avait suffisamment bu pour se trouver dans la zone où les inhibitions perdent de leur force. Mais elles n'avaient pas disparu.

Elle commença à écrire un message, puis l'effaça. Il était plus de minuit, il dormait peut-être.
Oh et puis merde, se dit-elle. *Qu'est-ce qui peut m'arriver de pire si je lui écris* ?

Paolo, pourquoi tu ne m'as jamais dit que tu étais marié ?

Voilà, comme ça au moins, il saurait pourquoi elle l'avait quitté. Elle lui devait bien ça, après tout. C'était la moindre des politesses, de lui faire savoir la raison de son départ. Elle ferma les yeux, et fut réveillée par le *ping* d'un message.

Bérénice, enfin tu me réponds ! Je te cherche depuis si longtemps ! Est-ce que je peux t'appeler ?

Alors là, Paolo, sûrement pas.

Non. Réponds plutôt à ma question.

Elle regarda son téléphone fixement. Les trois petits points s'animèrent comme d'habitude pendant que Paolo rédigeait sa réponse. Ça lui prenait du temps. *Il cherche ses mots pour mieux m'embobiner*, pensa-t-elle. *Mais je ne me laisserai pas faire.*

Je ne suis pas marié, Bérénice, je te le jure. Qu'est-ce qui t'a fait croire ça ?

Ben voyons. Il refuse de l'admettre. Il fallait s'y attendre.

Ce n'était pas l'avis de l'un des invités à l'anniversaire de ton neveu.

Et toc ! ça au moins, ça lui riverait son clou.

C'était un coup monté par mon ex-femme, je te le promets. Laisse-moi t'appeler et je t'expliquerai tout.

Ça suffit comme ça, pensa Bérénice. *Je lui en ai assez dit.*

Et elle bloqua le numéro de Paolo.

Chapitre Trente-Sept

Résidence de Paolo
Quartier Crocetta
Turin

Paolo s'effondra sur son lit et tapa l'oreiller du poing. Le fil ténu qui l'avait relié à Bérénice pendant tous ces mois de séparation venait de se rompre. Elle lui avait écrit ces lignes qui l'avaient fait bondir d'espoir d'abord, puis qui l'avaient désespéré.

Et maintenant quand il lui téléphonait, il n'y avait même pas de sonnerie, juste du vide.

Il ne lui restait plus qu'à trouver l'adresse de Margaux. Il n'avait plus d'autre recours. Il fallait absolument qu'il lui explique les manœuvres de son ex-femme. Maria Cristina avait été d'une rouerie absolue, lorsqu'elle avait essayé de le rattraper, et la première victime de ses artifices avait été Bérénice.

Lui aussi s'était fait prendre par les manigances de son ex-femme. Il était devenu capable de la percer à jour, mais il avait payé un prix élevé pour cet apprentissage.

Si seulement je lui avais tout raconté lorsqu'elle me l'a demandé, se dit-il pour la centième fois. *Si seulement je n'avais pas eu cette idée stupide de la protéger*. Il avait voulu que leur amour se développe en faisant table rase du passé, comme s'ils étaient au commencement du monde.

Et bien sûr, il avait voulu cacher ses déboires avec Maria Cristina pour rester incognito. S'il en avait parlé dès le début, il aurait dû révéler ses véritables origines à Bérénice. Il avait préféré attendre un peu, profiter de l'anonymat que le nom de Rossi lui procurait.

Et le désastre s'était produit.

L'écran de son ordinateur se brouillait devant ses yeux. Il l'éteignit, puis se posta à la fenêtre. Il était si tard que la plupart des immeubles autour de lui étaient plongés dans l'obscurité. Les étoiles n'en brillaient que plus fort dans le ciel enfin libéré des nuages de pluie.

Il eut soudain envie de clamer son amour à la face du monde, le plus fort qu'il pouvait. Peut-être réussirait-il à infléchir le destin en énonçant clairement son désir le plus profond.

« Reviens-moi, Bérénice, » cria-t-il aussi fort qu'il le pouvait dans l'air froid de la nuit. « Je t'aime, Bérénice. Je te veux près de moi pour toujours ! »

Aucun rideau ne bougea, aucun carré de lumière ne vint illuminer les façades obscures. Son invocation était allée directement vers les étoiles. Ou bien avec un peu de chance, vers Bérénice, où qu'elle soit.

La nuit de Paolo fut courte, entrecoupée de réveils fréquents. Quelque chose lui disait qu'il était urgent d'agir.

Dès six heures du matin, Paolo se remit à trier les thèses préparées par des filles prénommées Margaux et portant un nom de famille scandinave. A neuf heures du matin, il avait localisé l'unique personne répondant à ces deux critères. Margaux avait aussi accolé le nom de sa mère au sien. Ça rendait l'identification certaine.

Paolo vit qu'elle préparait une thèse sur Proust. Il fallait maintenant réussir à trouver son adresse. Il décida de partir pour Paris à l'instant même. En prenant la Ferrari, et avec un peu de chance, il arriverait en fin de matinée à la Sorbonne.

oOo

Bureau des thèses
Université Paris Sorbonne

« Je ne suis pas autorisée à vous transmettre les coordonnées des étudiants, » dit la chef de bureau en regardant Paolo d'un air revêche.

C'était une femme brune à la mâchoire carrée, sanglée dans une veste croisée noire à fines rayures blanches. *Ça lui donne un petit air d'Al Capone*, pensa Paolo. Ses cheveux mi-longs, bruns et raides, étaient retenus par un bandeau de velours noir qui lui couvrait les oreilles.

D'habitude, Paolo réussissait à charmer les cerbères les plus grincheux, mais ici, il était handicapé par son français un peu sommaire.
« Je comprends, » dit-il patiemment, « mais c'est un cas de force majeure. Ne pouvez-vous pas faire une exception ? »
La fonctionnaire darda sur lui un regard froid par-dessus ses lunettes à double foyer. On pouvait presque compter ses côtes lorsqu'elle reprenait sa respiration. Anorexique, peut-être ?
« En quelle langue faut-il vous le dire, Monsieur ? » dit-elle d'un ton encore plus abrupt. « C'est impossible. » La femme parlait à travers des mâchoires tellement serrées que sa voix en devenait sifflante.

Paolo comprit que ses efforts seraient vains et sortit du bureau des thèses. Comment procéder maintenant ? Il se sentait un peu perdu dans ce bâtiment prestigieux, qui semblait le repousser comme un corps étranger.

Dans une alcôve, un distributeur de boissons et quelques tables hautes, dépourvues de sièges, faisaient office de cafétéria. Heureusement, il était possible de payer avec une carte de crédit. La modernité faisait quand même un peu de chemin dans ce bâtiment au glorieux passé.

Son café posé sur l'une des tables, Paolo se sentit gagné par le découragement. Il avait pris des risques insensés sur les routes de montagne pour arriver à la Sorbonne en fin de matinée, avant la fermeture des bureaux pour la pause-déjeuner. Et il se heurtait à une infranchissable barrière administrative.

Dire que je suis si près du but, pensa-t-il, le cœur lourd. Il tournait et retournait le problème dans sa tête. *Peut-être que je devrais engager un détective privé,* se dit-il. *Mais je n'en ai aucune envie*. L'idée de recourir aux services d'un enquêteur spécialisé dans les adultères ou la criminalité, pour retrouver l'amour de sa vie, lui faisait tout simplement horreur.

« Vous venez de faire tomber ce papier, » dit une jeune femme en lui tendant un post-it de couleur rose. Elle s'était approchée sans faire de bruit. A moins que, perdu dans ses pensées, il n'ait rien entendu.
« Je ne crois pas que ce soit à moi, » dit Paolo, surpris.

Il se souvint tout d'un coup d'avoir remarqué cette demoiselle dans le bureau du cerbère, tout à l'heure.

Elle était presque cachée par son écran, et il ne lui avait pas prêté attention, occupé comme il l'était à tenter d'amadouer la chef du bureau des thèses.

« Jetez-y un coup d'œil, » insista-t-elle. Son visage aux traits réguliers était encadré de mèches dansantes châtain clair. Un frais parfum aux notes d'agrumes émanait d'elle. Il posa son regard sur le petit carré de papier coloré.

Le cœur de Paolo fit un bond dans sa poitrine.
Margaux Nguyen Bredal, 18-20, boulevard de Ménilmontant, 75020 Paris.

Il eut l'impression qu'un énorme poids venait juste de lui être ôté de la poitrine. Il avait envie de prendre la jeune femme dans ses bras et de la faire tourbillonner dans le couloir poussiéreux.

« Et vous m'avez même inscrit le numéro de téléphone, merci, merci, merci mille fois du fond du cœur. Vous êtes merveilleuse. »
« J'adore les histoires d'amour, » dit la jeune femme. Revenez me voir lorsque vous aurez trouvé la femme que vous cherchez. »

Paolo partait déjà, pressé de retrouver Bérénice, mais il se retourna et cria :
« Votre nom ? »
« Angélique Astrée, » dit-elle, et elle tourna les talons, sa mission accomplie.

Le 18-20, boulevard de Ménilmontant était un bel immeuble de brique et de pierre, qui tranchait sur les bâtiments voisins, bien plus modestes. Plusieurs balcons étaient sculptés dans le style moderniste du début du vingtième siècle, et de fines colonnades soutenaient le toit.

Alors qu'il parcourait le boulevard en cherchant une place pour sa Ferrari, Paolo put observer le flot ininterrompu de gens qui venaient visiter le Père Lachaise tout proche. Un corbillard en route pour un enterrement patientait devant l'entrée. Le lieu du repos éternel n'était pas si tranquille que ça.

Paolo trouva un emplacement libre le long du trottoir, à côté d'un magasin de pompes funèbres, comme il y en avait beaucoup dans le quartier. Il lui fallait maintenant réfléchir à un plan d'action. Il ne pouvait pas juste débouler chez Margaux et prendre Bérénice dans ses bras, même s'il en avait une furieuse envie.

Il mit la main dans la poche de sa veste et caressa le petit écrin de cuir qui s'y trouvait. En sortant de la Sorbonne, il avait fait un crochet par la place Vendôme. Chez Van Cleef et Arpels, il avait choisi un diamant gros comme le Ritz pour Bérénice. Il ne restait qu'un petit problème, comment le lui faire accepter.
Dans son portefeuille, il repêcha le post-it rose qu'il avait rangé avec sa carte d'identité. Il composa le

numéro de Margaux. Elle décrocha au bout de trois sonneries. Paolo se présenta.
« Que puis-je faire pour vous ? » demanda-t-elle sans paraître le reconnaître, ni lui demander comment il avait obtenu son numéro de téléphone.
« Je cherche à joindre Bérénice, mais elle a bloqué mon numéro. »
« Elle avait sûrement de bonnes raisons pour ça. »
« Il y a eu un horrible malentendu. Tu comprendrais tout de suite si je pouvais te parler. »
Il l'avait tutoyée d'emblée et il espérait qu'elle ne s'en formaliserait pas. Margaux ne dit rien pendant un bref moment, et Paolo retint son souffle. Qu'allait-elle décider ? Allait-elle raccrocher ?
« Tu es où ? » demanda-t-elle enfin.
Paolo exhala discrètement.
« En bas de chez toi. »
« Retrouve-moi au cimetière, à côté de la tombe d'Allan Kardec, dans vingt minutes. »

Elle avait raccroché avant qu'il puisse lui demander où trouver cette tombe. Mais l'amie de Bérénice acceptait de le voir, c'était tout ce qui comptait. Fou d'espoir, il se précipita hors de sa voiture et entra dans le cimetière tout en ouvrant Google Maps sur son portable. L'itinéraire y était, parfaitement détaillé.

Paolo parcourut la longue avenue principale, bordée de caveaux de famille aux frontons sculptés, puis commença l'ascension des marches qui menaient à la quarante-quatrième division du cimetière. La pente était raide et les pavés glissants, comme s'il devait traverser des épreuves avant de retrouver celle qu'il aimait. Mais il aurait sauté à travers des cerceaux enflammés si cela avait pu la ramener vers lui.

La tombe d'Allan Kardec ressemblait à un menhir entouré de colonnades. Plusieurs pots de fleurs et une quantité de bouquets très colorés étaient amoncelés au pied de la tombe, dans une abondance qui se démarquait de l'austère simplicité des tombes voisines. Pourtant, ce Kardec était mort au milieu du dix-neuvième siècle, pensa Paolo en regardant l'inscription.

Mais il n'eut pas le temps de s'appesantir davantage sur le mystère. Une ravissante jeune femme s'approchait, venant du sens opposé.
« Paolo Rossi ? » dit-elle avec un sourire éblouissant.
« C'est moi. Pourquoi tu as choisi ce lieu de rendez-vous ? »
Margaux lui répondit par une autre question.
« Que veux-tu expliquer à Bérénice ? »

Paolo lui raconta tout. Puis il sortit de sa poche le petit écrin et l'ouvrit pour montrer à Margaux la bague qu'il avait choisie. Des passants venus eux aussi pour la tombe de Kardec crurent à une demande en mariage.

« A genoux ! » cria l'un deux à Paolo. Puis il applaudit à tout rompre, tandis que son épouse prenait une photo.
Margaux et Paolo ne les détrompèrent pas et se contentèrent de leur adresser un petit salut de la main.

« Tu vois le buste de Kardec, sur le menhir ? » dit Margaux. « Caresse-lui la nuque et fais un vœu. S'il se réalise, tu apporteras toi aussi un bouquet, d'accord ? »
« C'est pour ça que tu m'as donné rendez-vous ici ? »
« Oui. Si ton histoire ne m'avait pas convaincue, je ne t'aurais pas parlé du vœu. »

Les mains tremblantes, Paolo se recueillit puis prononça son vœu à mi-voix, comme Margaux le lui avait recommandé. Si tant de bouquets étaient réunis devant cette tombe, cela voulait sûrement dire que beaucoup de vœux avaient été exaucés, pensa-t-il, la poitrine débordante d'espérance.
« Et maintenant ? » demanda-t-il en la rejoignant sur l'allée centrale.
« Viens chez moi ce soir à dix-neuf heures, Bérénice y sera. »

Chapitre Trente-Huit

La nuit était tombée à cinq heures de l'après-midi, mais en ce début de décembre, les décorations de Noël illuminaient déjà les rues. Sur la place Léon Blum, les sapins de chaque côté de la devanture du McDo étaient décorés de givre artificiel et de boules vertes et rouge, étincelantes. Même les vitrines des pompes funèbres brillaient de tous leurs feux.

Bérénice regardait par la fenêtre en se frottant le milieu du front de l'index pour calmer son angoisse. Elle aperçut Paolo qui approchait d'un pas vif, et pour la centième fois, elle se demanda si elle avait bien fait de se rendre aux arguments de Margaux et d'accepter de revoir Paolo.

« Tu m'as déjà fait le coup avec Kenneth, » avait-elle reproché à son amie. « Et à quoi ça a servi ? »
« Ça a servi à ce qu'il te demande pardon. C'est quand même pas mal, non ? »
« Mais je ne peux plus être amoureuse de lui. »
« Peut-être parce que tu es toujours amoureuse de Paolo. »
« Et qu'est-ce qui te permet de dire une chose pareille ? » avait fini par crier Bérénice. Tout d'un coup, la perspicacité de son amie l'irritait au plus haut point. Elle la ressentait comme une intrusion intolérable dans sa tête. « Il n'y a que moi qui puisse décider ça. »

« Paolo a remué ciel et terre pour te trouver, » dit Margaux avec un regard empreint de gravité. « Tu te rends compte des trésors d'ingéniosité qu'il a dû déployer pour découvrir mon nom et mon adresse dans une ville de deux millions d'habitants ? Et s'il l'a fait, ce n'était que pour toi, rien que pour toi. Tout ce que je te demande, c'est de l'écouter. »

Mais c'était bien ça, le plus dur. Écouter. Elle avait fui parce qu'elle avait vu de ses propres yeux la preuve de la trahison de Paolo. Elle ne voulait pas se laisser embobiner par des explications et des justifications fumeuses. Ça lui avait fait tellement mal de perdre Paolo, mais elle avait fini par surmonter sa douleur. A quoi bon remuer le couteau dans la plaie ?

Elle entendit la sonnette de la porte d'entrée et alla ouvrir. La haute silhouette de Paolo semblait occuper toute l'embrasure de la porte. Elle s'effaça pour le laisser entrer et aussi pour cacher le choc qu'elle ressentait à sa vue.

Il était toujours aussi beau, toujours aussi sublime. Toujours aussi sexy. Mais maintenant, il lui était devenu inaccessible. Son cœur battit à tout rompre dans sa poitrine.

« Bérénice, je suis si content de t'avoir enfin retrouvée, » dit Paolo. L'émotion faisait briller ses

yeux. « Je t'ai cherchée comme un fou, si tu savais. »
Bérénice préféra retarder le moment de s'engager dans le vif du sujet.
« Quelles nouvelles de Moda Nuova ? »
« La société a fait faillite, tous les employés ont été licenciés. »
« Tu crois que toute cette histoire d'OPA hostile, c'était juste pour éliminer un concurrent ? »
« Je ne sais pas Bérénice, et pour le moment, je m'en fiche pas mal. Est-ce qu'on peut parler un peu de nous deux ? Tu m'as terriblement manqué. »
Bérénice soupira et se décida enfin à parler.
« Lorsque j'ai appris que tu étais marié, c'était comme de recevoir un coup de poignard dans le dos, » dit-elle, ses yeux bleus assombris par la peine qui refusait de s'en aller.
Paolo lui prit les deux mains et ce contact la fit frissonner.
« La femme que tu as vue à l'anniversaire de mon neveu, c'était mon ex-femme, Maria Cristina. Elle est venue sans qu'Emanuele l'invite, alors qu'il ne manquait plus que quelques semaines avant que le divorce soit prononcé. »
« Pourtant, l'un des invités m'a dit que c'était ta femme. Il m'a dit son nom. »
« C'est Maria Cristina qui a tout manigancé. Je n'en ai pas la preuve formelle, mais j'en ai l'intime conviction. Elle a entendu parler de toi, Bérénice, et elle a demandé à un complice de te raconter qu'elle était toujours mariée avec moi. Juste par

méchanceté, pour le plaisir de créer la zizanie entre nous. Et malheureusement, ça a marché. »
« Pourtant, je vous ai vus tous les deux parler sur la terrasse. Vous aviez l'air très intimes. »
« Mais ce n'était pas ça du tout, » se récria Paolo. « Elle m'a supplié de lui donner une seconde chance, et j'ai dit non. Ce que tu as pris pour un moment intime, c'était une dispute, en vrai. Et dès que j'ai compris que tu avais disparu, je suis allé à Lille pour te retrouver. Mais tu n'y étais pas. Et tu ne me répondais jamais quand je t'appelais. »

Bérénice regarda dans le vague, comme si elle revisitait cette période si douloureuse, juste après son retour en France.
« Tout ce que je peux te dire, c'est que j'ai cru que j'étais maudite, » dit-elle. « Tu ne peux pas être au courant, puisque je ne te l'ai jamais dit, mais j'ai déjà eu une relation avec un homme qui avait oublié de me dire qu'il était marié. Ça a été horrible pour moi, de l'apprendre. »
« Je ne t'aurais jamais joué un aussi mauvais tour, crois-moi. »
Bérénice accueillit la remarque de Paolo par un profond soupir, puis elle reprit :
« Christophe, mon premier amour, m'a trompée avec ma colocataire. Alors quand je t'ai vu avec cette femme, j'ai eu l'impression d'être poursuivie par un mauvais sort. »
« Pourquoi ne m'as-tu jamais rien raconté de tout ça ? »

« Parce qu'on était heureux, tous les deux, et je ne voulais pas gâcher notre bonheur avec ces histoires venues de mon passé. »
« Moi non plus, je ne t'ai pas parlé de mon ex-femme, » soupira Paolo, « et si tu savais comme je le regrette. »
« Et toi, quelles étaient tes raisons pour ne rien me dire ? »
« J'ai eu honte. Maria Cristina Loos m'a épousé pour mon argent, et je ne m'en suis aperçu que trop tard. Elle a même prétendu être enceinte, mais c'était un bluff aussi. Je me suis fait avoir comme un con, et j'en étais mort de honte. »
« Tu as dit qu'elle en voulait à ton argent ? Mais c'est ton frère qui est riche, pas toi. »
« J'ai encore une confession à te faire, » dit Paolo, la tête basse.

Bérénice eut un moment d'appréhension. Ils se révélaient enfin les secrets qu'ils avaient l'un et l'autre soigneusement cachés. Qu'allait-il en sortir encore ?
« Tu vas m'expliquer pourquoi tu ne m'as jamais invitée dans ton appartement, c'est ça, je parie. »
« Ça fait partie de ma confession. Emanuele et moi, nous avons hérité de la fortune de notre mère, à sa mort. Et nous appartenons à la famille Del Vasto. »
« Les Del Vasto ? Ceux des supermarchés ? »
« En fait, c'est mon père qui a fondé la chaîne de supermarchés que tu connais. Et c'est comme ça

que Maria Cristina savait qu'il y avait un paquet de fric à se faire avec moi.
« Mais ton nom, c'est Rossi, » dit Bérénice.
« C'est à cause de Maria Cristina que j'ai changé de nom. Pour éviter d'attirer celles qui cherchent fortune. Et de toutes les façons, après cet horrible mariage, je n'avais plus envie de tomber amoureux. Mais c'est arrivé quand même. Grâce à toi. Tu as réussi à casser le piège où je m'étais mis de moi-même. »
Bérénice pinça les lèvres. Son visage exprimait toujours le doute.
« Et l'appartement, dans tout ça ? »
« Si tu l'avais vu, tu aurais tout de suite compris. C'est pour ça qu'on se retrouvait tout le temps au Blue Metal. La boîte est à moi, mais j'ai préféré ne rien te dire. »
« Tu as eu peur que moi aussi, j'en aie après ton blé, » cria-t-elle en labourant la poitrine de Paolo de petits coups de poing. « Et pourtant, tu me connaissais déjà. C'est nul, nullissime ! »
« Arrête, Bérénice, je t'en prie, » dit Paolo. Il lui maintint les poignets d'une main, et de son autre main, il prit dans sa poche l'écrin de cuir beige luxueusement monogrammé.

Tenant toujours les poignets de Bérénice réunis dans une seule main, il s'agenouilla devant elle, et lui tendit l'écrin ouvert. Le diamant étincela comme mille soleils.

Elle eut un mouvement de recul.
« Qu'est-ce que c'est que ce truc, » dit-elle, stupéfaite par la taille de la pierre qui ornait la bague. « Tu veux m'acheter, ou quoi ? »
« Bérénice, je te le demande, aussi sincèrement que possible, veux-tu être ma femme ? »
« Non, je ne le veux pas. Et relève-toi, tu es ridicule. »
La mine déconfite, Paolo se releva.
« Bérénice, je suis amoureux de toi, et je le serai toujours. Pourquoi t'est-il si difficile de me croire ? »
« Et pourquoi crois-tu qu'il suffise d'exhiber ta richesse pour que je sois tout de suite à tes genoux ? Remballe ta bague en diamants, je n'en veux pas. »

Très pâle, les maxillaires tendus, Paolo passa sa main droite dans ses cheveux, et lui parla d'une voix sourde.

« J'ai seulement cherché à te faire plaisir. Quand on aime quelqu'un, c'est ce qu'on fait. Et je t'aime comme je n'ai jamais aimé personne. Mais si tu me rejettes à ce point, je n'insisterai plus. »

Il repartit vers le corridor de l'entrée, sortit, puis referma la porte derrière lui.
Bérénice était seule.

Chapitre Trente-Neuf

Bérénice ne bougea pas. Elle entendit les pas de Paolo s'éloigner, puis elle regarda par la fenêtre et vit la Ferrari démarrer si brusquement qu'elle laissa deux traînées noires sur l'asphalte.

Elle l'avait chassé, il n'y avait pas d'autre mot pour décrire ce qu'elle venait de faire. Paolo avait fait des pieds et des mains pour la retrouver, et elle l'avait rejeté.

Il lui avait offert l'amour dont elle rêvait depuis qu'elle était en âge de rêver à l'amour, et elle l'avait dédaigné.

Il lui avait promis une vie de luxe et de passion. Elle avait dit un non franc et massif.

Pourquoi ? Si seulement elle le savait.

Ça ne lui avait posé aucun problème de dire non à Kenneth. Les sentiments qu'elle avait eus pour lui s'étaient éteints, et rien ne pourrait les raviver. Elle s'en était aperçue lors du repas au restaurant. Il lui avait joué le grand jeu et elle s'était juste ennuyée. Et de retour à la maison, ça l'avait poussée à envoyer des textos à Paolo. Sous l'influence de ses deux verres de whisky, aussi, mais bon.

Ce qui s'était passé aujourd'hui n'avait rien à voir. Paolo avait toujours sur elle un effet profondément troublant. Son corps tout entier frémissait lorsqu'elle était près de lui, comme une aiguille à coudre à proximité d'un aimant.

Et les émotions qui l'avaient traversée lorsqu'ils discutaient tous les deux étaient tout sauf tièdes. Elle avait bataillé avec ardeur, elle s'était emportée, elle l'avait écouté, aussi, avec ferveur.

Et puis elle l'avait mis à la porte.

Elle n'avait pas pu s'en empêcher. Maudite impulsivité.

Elle entendit la clé tourner dans la serrure. Margaux rentrait.
« Alors ? » dit-elle simplement.
« Il m'a tout raconté, et il m'a demandée en mariage. »
« Et ? »
« J'ai refusé. »

Margaux se dirigea vers la cuisine, mit la bouilloire électrique en marche, et déposa un sachet de réglisse-menthe dans chacune des deux tasses qu'elle avait disposées sur la table. Lorsque les

infusions furent prêtes, elle mit d'autorité une tasse entre les mains de Bérénice.
« Qu'est- ce qui t'a poussée à refuser ? » dit-elle. « Quand je lui ai parlé, au cimetière, je l'ai trouvé convaincant. »

Bérénice s'assit et posa sa tasse sur la petite table ronde qui leur servait pour tous les repas. Margaux l'imita.
« Je ne sais pas, » dit Bérénice, les yeux baissés. Elle avait placé son coude droit à la verticale sur la table et de sa main, elle soutenait son menton, un peu comme ces poutres en bois avec lesquelles on soutient les murs qui menacent de s'écrouler.
« Tu as bien une petite idée, » dit Margaux d'une voix douce.
C'est parce que tu as peur que tu as dit non, lui murmura une voix à l'intérieur de sa tête.

Elle décida de ne pas se censurer en parlant à Margaux.

« J'ai peur d'être trahie, je crois, » dit Bérénice, les yeux baissés sur son infusion. « Ça m'est déjà arrivé avec Christophe, puis avec Kenneth. Si ça se trouve, c'est de ma faute si je me fais avoir comme ça. »
Margaux pencha la tête et répéta :
« De ta faute ? »
« Peut-être que je fais exprès de choisir les mecs impossibles, sans le vouloir, bien sûr. »

« Exprès *et* sans le vouloir ? » répéta encore Margaux, mais cette fois avec un petit sourire qui mit du baume au cœur de Bérénice.

Elle avait besoin de son amie, du soutien qu'elle lui accordait toujours. Mais elle eut quand même la chair de poule. Comme d'habitude, Margaux avait discerné ce qui clochait dans son raisonnement. A croire que l'étude de Proust lui avait donné des super-pouvoirs.

« Tu as compris ce que je voulais dire, » reprit Bérénice. Elle sirota l'infusion de réglisse-menthe, l'air pensif. « J'ai peur que Paolo soit lui aussi un de ces mecs impossibles, qui me trahissent en fin de compte. Je n'ose même pas imaginer ce que ça me ferait. Je l'aime et ça me fait peur. »

Margaux regarda Bérénice. Elle parla d'une voix calme et sereine, mais ses mots sonnèrent comme un jugement.
« Tu as raison, aimer c'est prendre un risque. Pardonner aussi. Alors tu préfères rester bien à l'abri de ta coquille. »

Bérénice sentit sa gorge se contracter. C'était injuste, ce que Margaux lui disait. Elle posa sa tasse et croisa fermement les bras sur sa poitrine.
« Je rêve d'un amour sans épines, ce n'est pas un crime, non ? J'ai peur de pardonner, c'est vrai aussi. Parce que tout ce que m'a dit Paolo, ça avait l'air

vrai, mais peut être aussi que c'était un faux-semblant, une feinte. »

Margaux soupira, but un peu d'infusion, puis parut prendre une décision.
« Tu es une froussarde, Bérénice, » dit-elle d'une voix bienveillante, mais ferme. Elle paraissait décidée à dire ses quatre vérités à son amie. « Je ne te parle pas de la vie de tous les jours, ça non. Quand il s'agit de commencer un nouveau boulot à mille kilomètres de chez toi, tu n'as pas peur. »

Margaux s'arrêta de parler un instant. Bérénice retint son souffle. Qu'est-ce que son amie allait lui asséner ?
« Mais l'amour, » dit Margaux en arquant ses sourcils, « l'amour, c'est une autre paire de manches. En vrai, tu as trop peur d'obtenir ce que tu désires le plus au monde. »
« Mais est-ce que c'est vraiment Paolo que je désire le plus au monde ? » dit Bérénice dans un soupir. « Et comment être sûre qu'il me dit la vérité ? »
« Il n'y a aucune certitude. C'est un risque à prendre. Mais dis-moi, est-ce qu'il y a un autre homme qui te fait le même effet que lui ? »
Bérénice ne répondit pas.
« Continue à nier que tu l'aimes, et tu vas passer à côté de ta vie, » dit Margaux, le visage empreint de sérieux.
Les yeux de Bérénice se remplirent de larmes. Margaux avait vu juste, une fois de plus.

« Je crois que j'ai merdé, et grave, » dit Bérénice. Elle passa sa main sur tout son visage, et frotta ses tempes aussi. « C'est fichu maintenant, » dit-elle, et elle renifla si fort que Margaux alla lui chercher un kleenex. « Paolo est parti. »
« J'ai un peu d'expérience en amour, » dit Margaux avec un demi-sourire. « A ta place, je tenterais le tout pour le tout pour le reconquérir. »

Les épaules de Bérénice se voûtèrent. Même ses boucles semblaient avoir perdu de leur ressort.
« Je n'ai pas la moindre idée de la façon dont je pourrais m'y prendre. »
« Fais-moi confiance, » dit Margaux. « Je sais où il se trouve ce soir. Mais il va falloir que tu m'aides. »
« Comment ça ? »
« Tu vas être obligée d'affronter ta peur du risque. Tu vas aller lui parler. Tu vas peut-être manquer ton coup, mais au moins tu auras essayé. D'accord ? »

Bérénice se redressa. Les paroles de son amie lui avaient insufflé l'énergie dont elle avait besoin pour sortir de sa tristesse et commencer à agir.

« Allons-y, » dit-elle, « je suis prête. »

oOo

Paolo avait choisi de passer la nuit à l'hôtel Mandarin Oriental avant de reprendre la route pour

Turin le lendemain matin. Les poussées d'adrénaline qui l'avaient soutenu pendant toutes les péripéties de la journée s'étaient transformées en grosse fatigue.

Il avait besoin de se détendre en faisant quelques longueurs dans la piscine, puis de dormir aussitôt. Il ne dînerait pas. L'idée même de manger lui soulevait le cœur.

La fenêtre de sa suite donnait sur la place Vendôme, merveilleusement illuminée en cette période de l'année. Il vit la façade de Van Cleef et Arpels et pensa qu'il allait être obligé de rendre la bague en diamant le lendemain. Ça ne lui plaisait pas beaucoup de faire ça, mais il n'aurait su que faire de ce bijou. Surtout quand il se souvenait de la réaction pleine de colère de Bérénice.

Le bassin se trouvait en sous-sol, mais réussissait quand même l'exploit d'être lumineux. Paolo était le seul à se servir de la piscine à cette heure tardive, et il commença à nager un crawl lent qui mettait en jeu tous ses muscles. Au fur et à mesure qu'il bougeait ses bras et ses jambes, il sentait qu'il se décontractait. Mais c'était une sensation purement physique, parce que son esprit, lui, était en effervescence.

La réaction de Bérénice l'avait laissé groggy et lui avait ôté toute envie de continuer à lutter pour elle.

Il comprenait qu'elle ait du mal à lui faire confiance après tout ce qu'il lui avait caché, mais est-ce qu'il aurait fait tous ces efforts pour la retrouver si son amour n'avait pas été parfaitement sincère ? Pourquoi avait-elle refusé de le comprendre ? Après tout, elle aussi avait préféré ne pas parler des déceptions amoureuses qu'elle avait connues.

Et il y avait aussi le problème de sa fortune. *C'est une vraie malédiction, d'être un héritier*, pensa-t-il. Pas à cause de l'argent lui-même, mais parce qu'il ne savait jamais comment les gens allaient réagir en l'apprenant. C'était bien pour ça qu'il avait changé de nom. Pourtant, un jour où l'autre, il fallait bien dire la vérité.

Il avait cru lui faire plaisir en lui achetant cette bague en diamants, mais son élan de générosité était tombé complètement à plat. Pire, Bérénice l'avait interprété comme une tentative de l'impressionner par sa richesse.

J'aurais dû m'en douter, que ça ne marcherait pas, se dit-il. Elle est tellement indépendante, elle cherche tellement à s'en sortir par ses propres moyens. C'est ce que j'ai tout de suite aimé en elle, d'ailleurs.

Une soudaine pointe de douleur lui transperça le cœur. Elle ne lui avait laissé aucun espoir. Il faudrait vivre sans elle désormais.

Ce serait comme de plonger dans le néant.

oOo

Le réceptionniste du Mandarin Oriental était en train de vérifier les réservations du jour sur son écran lorsqu'une ravissante blonde s'incrusta dans son champ de vision.
« Je suis madame Rossi, » dit Bérénice, « pouvez-vous prévenir mon mari que je l'attends dans le hall ? J'ai perdu mon portable et c'est lui qui a la clé magnétique. »
« Certainement, Madame, » dit l'employé en compulsant son ordinateur. « Chambre 565, » marmonna-t-il en composant le numéro de la chambre.
« Monsieur Rossi n'est pas dans la chambre, Madame, » dit le réceptionniste en raccrochant.
« Pourtant, je suis certaine qu'il est dans l'hôtel, pouvez-vous lancer un appel sur haut-parleur ? C'est urgent. »
Le réceptionniste sourit.
« Ça ne se fait plus guère de nos jours. Mais je peux voir s'il a utilisé sa clé magnétique dans d'autres parties de l'hôtel. »
Il se mit aussitôt à taper des codes sur son clavier.
« Et voilà, » dit-il, très satisfait. « Il est à la piscine. Elle est réservée aux clients de l'hôtel. »
« Il a dû oublier notre rendez-vous. Je vais aller le lui rappeler. »

Bérénice s'éloigna à pas pressés.
« Attendez, madame, vous ne pouvez pas y aller en vêtements de ville. Il vous faut ceci, » dit-il en lui tendant un paquet enveloppé de cellophane. Vous pourrez vous changer dans une cabine. »

Le sachet de cellophane contenait tout le nécessaire pour les clients distraits qui auraient oublié de mettre leurs affaires de piscine dans leur valise. Les hôtels de luxe savaient comment être aux petits soins pour leurs clients.

C'est de bon augure, pensa Bérénice. *Mais le plus difficile reste à faire.*

Elle se mit rapidement en maillot dans une cabine surprenante de confort, où tous les détails étaient pensés pour être beaux et pratiques à la fois.

Puis, d'un pas résolu, elle quitta la cabine et alla sauver sa propre vie.

oOo

Paolo arriva au bout de son couloir de nage et, d'une pression du pied sur la paroi de la piscine, il se propulsa dans le sens inverse. Il enchaînait les longueurs l'une après l'autre, et la natation avait fini par avoir un effet hypnotique sur lui. La douleur d'avoir perdu Bérénice était toujours là, mais ses contours étaient moins à vif.

Une femme déboula dans le spa, enveloppée dans un peignoir blanc, les cheveux enfermés dans un bonnet de bain. Perdu dans ses pensées, il la regarda sans la voir. Elle posa sur le rebord de la piscine ses mules en éponge et son peignoir, juste à côté de ses affaires à lui, puis se mit à nager dans le second couloir et se retrouva rapidement à sa hauteur.

« Paolo, regarde-moi. C'est moi, Bérénice, » dit la femme, tout en continuant à nager.

C'est impossible. Le chagrin a déclenché une hallucination, ça doit être ça.
Paolo s'arrêta de nager cependant, et il fit volte-face pour regarder d'où venait la voix. Il redoubla les mouvements des pieds et des mains pour se maintenir à flot. Cette fois, il dévisagea vraiment la femme qui lui avait parlé.

Le bonnet de bain qui dissimulait sa chevelure la transformait et lui donnait une allure enfantine, mais il reconnut les traits du visage de Bérénice. Le regard bleu indigo qu'elle dardait sur lui n'appartenait qu'à elle. C'était bien la femme qui venait de l'effacer de sa vie.

La surprise le rendit muet. Il plongea la tête sous l'eau. *Peut-être que ça va m'éclaircir les idées*, pensa-t-il. Lorsqu'il émergea, Bérénice faisait toujours du sur-place à côté de lui.

« Comment as-tu fait pour entrer à la piscine ? » demanda-t-il au bout de quelques secondes.
« Le réceptionniste m'a fait confiance quand j'ai prétendu être ta femme. Ça prouve bien que toi et moi, c'est plausible. »

Bérénice avait des ressources et de la débrouillardise, Paolo l'avait toujours su. *Mais je n'ai pas envie de me laisser prendre au piège de mes propres illusions*, se força-t-il à penser.

Son cœur avait fait un bond dans sa poitrine lorsqu'il l'avait reconnue. Seulement voilà, les paroles acerbes qu'elle lui avait assenées tout à l'heure lui faisaient toujours mal. Chacune d'elles était comme un dard empoisonné planté dans ses entrailles.

« Ce que je veux surtout savoir, c'est ce que tu es venue faire ici, » dit-il durement.
« Paolo, je t'aime, moi aussi je t'aime. Pardonne-moi tout ce que j'ai dit tout à l'heure. »
Elle aussi multipliait les petits mouvements des mains et des pieds pour éviter de couler. L'eau était agitée de remous tout autour d'elle.

« Je sais que ce n'est pas romantique du tout de te faire ma déclaration dans l'eau de la piscine, » reprit-elle en indiquant les mules et les peignoirs posés à la diable sur le rebord de la piscine, « c'est même ridicule, mais c'est urgent. On a déjà perdu trop de temps, par ma faute. Je t'aime, dis-moi que tu m'aimes aussi. »

Paolo s'éloigna en un puissant mouvement des bras. Son esprit bouillonnait, en plein tumulte. D'abord elle le chassait de chez elle, et maintenant elle plongeait dans la piscine pour lui déclarer son amour.

Il avait envie d'y croire, mais tout à l'heure aussi, il y avait cru, et elle n'avait eu que faire de ses sentiments. Pouvait-il se fier à elle maintenant ? Allait-elle changer d'avis encore une fois ? Parce que si ça arrivait, ça le tuerait.

Il s'arrêta à l'autre extrémité de la piscine. Il avait bien besoin de ses quatorze mètres de longueur pour mettre un peu d'ordre dans sa tête. Bérénice parcourut tout le couloir à la brasse et s'accrocha au rebord, près de lui.

« Tout à l'heure, lorsque tu es venu chez Margaux, j'ai eu peur, » dit-elle. « J'ai peur, Paolo, tu comprends ? J'ai peur que tu m'aimes puis que tu cesses de m'aimer. J'ai peur des autres femmes dans ta vie. J'ai peur de faire confiance. J'ai peur de tout, Paolo. C'est pour ça que j'ai réagi comme je l'ai fait. Si tu savais comme je regrette. »

Il ne répondit rien et repartit à la nage jusqu'à l'autre bout de la piscine. Cette fois, elle ne le suivit pas. Lorsqu'il revint près d'elle, il lui toucha l'épaule.
« Nage avec moi, » lui dit-il.

Ils allongèrent leurs bras en même temps et Paolo ralentit son rythme pour qu'ils soient à la même hauteur. Ils s'arrêtèrent lorsqu'ils arrivèrent au petit bain et se firent face, debout, avec de l'eau jusqu'à la taille pour elle, jusqu'à mi-cuisses pour lui.
Bérénice le regarda et la puissance de sa présence physique la submergea.

Paolo la scruta d'un regard profond et pénétrant.
« Moi aussi, j'ai eu peur, Bérénice, peur de t'aimer, et peur de souffrir, » murmura-t-il, et en disant ces mots, ses yeux se remplirent de larmes. Il plongea sous l'eau pour les cacher, puis il refit surface devant elle.
« Je ne voulais plus rien savoir de l'amour. Mais j'ai eu beau lutter, je t'aime. Je t'aime depuis longtemps. »
Il se tut un instant. Son visage mouillé était totalement sérieux. Cette déclaration venait des tréfonds de son âme.
« Si je t'aime, c'est pour de bon, » reprit-il. « Ce n'est pas pour te quitter au bout d'un mois ou d'un an ou de cinq. Ce que je veux, c'est vivre avec toi jusqu'à la fin de mes jours. »

Bérénice sentit sa poitrine se dilater. Elle prit une grande inspiration. Elle aussi, elle avait une déclaration à faire, la plus vraie, la plus sincère, la plus nécessaire de sa vie.
« Moi aussi, je t'aime. Et je veux vivre avec toi jusqu'à la fin de mes jours, moi aussi. »
Le visage de Paolo se détendit un peu, mais il avait encore quelque chose à partager avec elle.
« Je t'ai dit toute la vérité sur moi. Me fais-tu confiance maintenant ? »
Le regard bleu de Bérénice était intense et limpide.
« Oui, je te fais une confiance absolue. Et je t'ai aussi dit toute la vérité sur moi. »
« Moi je trouve que cette piscine est l'endroit le plus romantique de Paris, » dit Paolo. Il posa ses mains sur les épaules de Bérénice et la rapprocha doucement de lui. Le contact de sa peau mouillée la fit tressaillir, mais elle sentit que leurs deux cœurs battaient de pair.

« Si tu n'aimes pas la bague que j'ai achetée, reprit Paolo, on ira l'échanger demain ensemble. »
« J'adore la bague que tu as achetée en pensant à moi. Je ne l'échangerais pour rien au monde. »

Enfin, enfin, enfin.

Une poussée d'adrénaline se répandit dans tout le corps de Paolo. Il avait besoin de l'extérioriser coûte que coûte.
« Bérénice, » hurla-t-il, « veux-tu m'épouser ? »

Sa voix se perdit dans l'atmosphère feutrée qui les entourait et il repensa à son cri, à Turin, lorsqu'il avait clamé son amour pour Bérénice devant le ciel étoilé.
« Bérénice, veux-tu m'épouser ? » dit-il une seconde fois, ses yeux dans ceux de cette femme qu'il chérissait, « pour le meilleur et pour le pire, et jusqu'à ce que la mort nous sépare ? »
« Oui ! » cria-t-elle, « oui, oui, oui ! » Et elle prit son élan pour sauter dans les bras de Paolo, déclenchant au passage une gerbe de gouttelettes qui les éclaboussèrent tous les deux.

Main dans la main, ils sortirent de la piscine. Ils s'enveloppèrent chacun d'un peignoir de bain et chaussèrent des mules en éponge. Bérénice retira son bonnet de bain en caoutchouc et s'ébroua. Sa magnifique chevelure était assombrie par l'eau de la piscine, qui avait aussi aplati ses boucles.
« Quelle tête je dois avoir, pour le plus beau jour de ma vie, » dit-elle avec un soupir.
« Tu es plus belle que jamais, » répondit Paolo en la serrant contre lui. « Et je n'oublierai jamais cette image de toi. »

Dès qu'ils furent à peu près secs, ils prirent l'ascenseur et remontèrent dans la chambre. Ils se dirigèrent d'abord vers la salle de bain au luxe sobre.

Tous deux entrèrent dans une cabine de douche de taille olympique. Paolo commença par laver les cheveux de Bérénice, puis il se mit à la savonner lentement, de la tête aux pieds. Elle se laissa faire, dans un délicieux abandon, tandis qu'une onde de chaleur partait d'entre ses jambes et irradiait tout son corps.

Puis ce fut le tour de Paolo. Il dut se courber en deux pour qu'elle puisse lui laver les cheveux. Elle s'attarda avec la mousse de savon sur chaque centimètre carré de sa peau. Il ferma les yeux, concentré sur les douces sensations qu'elle lui offrait.

Ils se séchèrent et se retrouvèrent l'un devant l'autre, tremblants de passion comme au premier jour de leur rencontre. Paolo couvrit de ses lèvres celles de Bérénice et mêla sa langue à la sienne. Puis il s'agenouilla devant Bérénice et, avec sa bouche, il fit lentement monter son plaisir jusqu'à ce qu'un orgasme la convulse et lui fasse recourber ses orteils. Il se leva alors, la saisit et la pénétra, debout, en lui soutenant les fesses de ses bras. Elle s'accrocha à son cou, reliée à lui plus profondément qu'elle ne l'avait jamais été.

« Je n'ai pas mis de préservatif, » souffla-t-il. « À partir de maintenant, je ne ferai l'amour qu'avec toi.»

« Je n'ai fait l'amour avec personne d'autre que toi, même quand je suis partie, » avoua-t-elle.
« Tu es si belle, » dit-il en la déposant délicatement sur le lit.

Il mit les chevilles de Bérénice sur chacune de ses épaules et la pénétra à nouveau. Il entrait en elle avec une délicieuse lenteur qui lui donna des sensations paradisiaques mais qui exaspéra son désir.

Elle accéléra le mouvement de ses hanches, puis, lorsqu'il toucha un point sensible en elle, elle poussa un long gémissement sourd, à mi-chemin entre le cri et le soupir, qui le rendit fou de désir.

Ses coups de reins s'intensifièrent, son souffle devint plus court. Il ahana et son plaisir déferla dans un spasme qui se prolongea longtemps.

Le corps frémissant encore d'exultation, ils s'allongèrent côte à côte, main dans la main. Petit à petit, leur souffle redevint paisible. L'emballement de leurs sens avait été puissant, intense, extraordinaire. Mais ce n'était rien à côté de leurs sentiments. Ils étaient tous deux pleins de ferveur l'un pour l'autre, transportés par le bonheur d'aimer et d'être aimé.

« Tu as envie de dormir ? » demanda Bérénice, en caressant le front couvert de sueur de Paolo. Elle fit

glisser son index sur la minuscule cicatrice qu'il avait à la tempe. Elle entendait son cœur battre fort encore, tout contre elle.
« J'ai envie de toi, » dit-il, et il l'embrassa avec tant d'intensité que leurs corps se soudèrent l'un à l'autre à nouveau.

Cette fois, leur étreinte fut d'une lenteur envoûtante, sans la frénésie de la première fois. Ils se goûtèrent et se savourèrent, pénétrés de la joie d'avoir réussi à surmonter les obstacles qui les avaient tenus éloignés l'un de l'autre.

Bérénice regarda Paolo pendant que son plaisir explosait et provoquait celui de son amant. Sa respiration se mêla à la sienne. Leurs cœurs battaient au même rythme, et leurs âmes aussi.

Ils s'étaient enfin retrouvés. Et ils allaient s'engager sur le chemin le plus ardu, mais aussi le plus beau, celui de vivre heureux ensemble pour toujours.

Épilogue

24 décembre
Résidence d'Ottavia Morelli
Turin

Le froid sec rougissait les joues des enfants sur le manège installé au milieu de la place. Même s'il ne neigeait pas, les guirlandes et les arbres de Noël donnaient à Turin une allure de fête. Des jeunes gens juchés sur des trottinettes filaient, droits comme des cierges, entre les passants chargés de cadeaux.

Dans la plus grande artère commerçante, un traiteur avait sorti le grand jeu et avait suspendu un traîneau tiré par des rennes au-dessus de sa vitrine. Un Père Noël rubicond s'y tenait penché, comme pour contempler la vitrine et ses délices.

Bérénice et Paolo, emmitouflés dans leurs anoraks, dépassèrent la vitrine après un coup d'œil amusé et entrèrent dans la boutique du pâtissier tout proche. Ils avaient promis de se charger du dessert pour finir en beauté le réveillon qu'ils allaient passer chez Ottavia et Giorgio. Ils vivaient maintenant ensemble, et ils avaient tenu à remercier Bérénice de les avoir présentés l'un à l'autre en l'invitant à passer le réveillon chez eux avec Paolo.

« Ce sera aussi l'occasion de célébrer votre amour, » avait ajouté Ottavia, enchantée de voir son vœu de garder Bérénice à Turin se réaliser.

Bérénice et Paolo ressentaient eux aussi un bonheur intense. Ils allaient se marier en été, mais ils partageaient déjà le splendide appartement de Paolo à Turin et ils avaient commencé à travailler de concert sur une nouvelle collection.

Parce que Paolo avait racheté la totalité des parts de Moda Nuova et avait remis la société sur pied. Pour Bérénice, la surprise avait été totale, mais elle était sûre qu'il avait fait bon usage de sa fortune, puisque Livia, Fortunata et tous les autres avaient accepté avec joie de revenir y travailler. Seul Zuccarelli n'avait pas vu son contrat renouvelé.

Prendre le risque de parler à Paolo, prendre le risque de se faire rejeter à son tour, prendre le risque d'aimer et d'être aimée. Rien de tout cela n'était facile, mais Bérénice l'avait fait, et cela lui avait réussi au-delà de ses rêves les plus fous.

Ils achetèrent une bûche de Noël revisitée par un grand chef turinois. De délicates boules de chocolat noir et de pralinés aériens surmontaient une

couronne qui cachait certainement de succulents secrets.
« Quel dommage de manger une telle œuvre d'art, » dit Paolo.
« Mais non, » protesta la pâtissière, « c'est fait pour le plaisir des yeux aussi, pas seulement celui des papilles. Et puis, avec des raisonnements pareils, on n'aurait plus de travail. »

Une fois le gâteau soigneusement emballé pour préserver son magnifique aspect, ils allèrent reprendre la Ferrari dans le parking surveillé où ils l'avaient laissée.

Ils s'arrêtèrent devant le feu tricolore qui régulait la sortie du parking. Il était au rouge, et Paolo attira Bérénice à lui. Il l'embrassa sur la bouche, d'abord tendrement, puis avec de plus en plus de fougue. Sa main glissa à l'intérieur de son anorak pour lui caresser les seins à travers le fin pull de cachemire. Il sentit les tétons de Bérénice se gonfler au quart de tour et son propre membre se tendre contre la braguette de son boxer.

Un klaxon se déchaîna soudain et les fit sursauter. Le signal venait de passer au vert, et la conductrice derrière eux s'appuyait de tout son poids sur son avertisseur.

Ils se détachèrent à regret. Paolo démarra, mais un autre feu rouge les arrêta quelques mètres plus loin.

La conductrice impatiente se plaça à côté d'eux, baissa sa vitre et leur cria, avec un large sourire, « Prenez donc une chambre ! »

Ils lui répondirent d'un sourire et d'un signe de la main. La pâtissière leur avait parlé du plaisir des sens. Même cette inconnue nerveuse les encourageait à jouir l'un de l'autre. C'était comme si l'univers entier participait à leur bonheur.

Arrivés chez Ottavia, ils déposèrent le gâteau dans son emballage sur la table de la cuisine. La dinde aux marrons qui cuisait dans le four répandait ses délicieux arômes, et Giorgio était occupé à dresser de minuscules gougères au fromage sur un plat de service de porcelaine blanche. La table, déjà dressée dans l'immense salle à manger, était chargée de cristaux et de vaisselle délicate.

Les amies d'Ottavia étaient déjà là. Regina, très élégante dans une robe bleu marine, ses cheveux gris savamment coiffés, et Graziella avec son nouveau chevalier servant, un médecin à la retraite qu'elle avait rencontré sur OK Cupid. Vittorio était venu lui aussi et enlaçait sa dernière conquête d'un bras possessif sur le canapé où ils avaient pris place.

Giorgio avait déjà servi des coupes de champagne à chacun des convives et en offrit aux nouveaux arrivés.

« Je vous avais bien dit que le marc de café est très fiable, » dit Regina quand elle vit les visages resplendissants de bonheur de Paolo et de Bérénice.
« Même si vous n'êtes pas boiteux, » ajouta-t-elle, pensive.
« Mais je claudiquais, il y a peu, et j'avais une canne, » dit Paolo. Regina se rasséréna immédiatement.
« Tu avais raison pour moi aussi, » dit Ottavia en prenant la main de Giorgio. « Plus jamais je ne dirai que ce sont des sornettes. »
« Ne sous-estimez pas le pouvoir des étoiles non plus, » dit Paolo. « C'est à elles que je dois d'avoir retrouvé Bérénice. »
« Vous pouvez m'en dire plus ? » dit Regina, en dressant l'oreille.
Et pendant que Paolo racontait comment il avait hurlé dans la nuit, face aux étoiles, son amour pour Bérénice et son désir de la retrouver, celle-ci pensa à tous ceux qui leur avaient prêté main forte pour qu'elle puisse enfin s'unir à l'homme de sa vie.

Les étoiles, Allan Kardec aussi, sur la tombe duquel ils étaient allés déposer une gerbe de fleurs, Angélique Astrée, qu'ils avaient remerciée d'une caisse de champagne, le mendiant du métro et ses mots prophétiques, et surtout Margaux, sa chère Margaux, qui l'avait forcée à sortir de sa zone de confort.

Ça a l'air banal, un homme et une femme qui se rencontrent et qui s'aiment, pensa-t-elle, *et pourtant il nous en a fallu, des miracles, pour en arriver là.*

Et sa main dans celle de Paolo, Bérénice tourna son regard vers le ciel semé d'étoiles de la nuit de Noël.

oOo

Remerciements

Avant tout, merci à vous, chers lecteurs, d'avoir choisi de lire *L'amour, absolument.*

Si ce roman vous a plu, laissez-moi quelques mots sympathiques sur la page Amazon du livre, de préférence en cochant cinq petites étoiles. Et parlez-en à vos amis ! Ce serait génial pour moi :-))

Sans vous, ma famille et mes amis, ce livre n'aurait jamais vu le jour. Je vous remercie du fond du cœur. Vous vous reconnaîtrez.

Printed in Germany
by Amazon Distribution
GmbH, Leipzig

29425544R00189